LAURA TANNER

ALLES, WAS WIR UNS WÜNSCHEN

LAURA TANNER

ALLES, WAS WIR UNS WÜNSCHEN

ROMAN

THIELE VERLAG

1

Mein Gott, ist dieser Sommer heiß, dachte Leonie. Ein Tag wie der andere. Vom Sonnenaufgang bis zum Sonnenuntergang strahlende Sonne, wolkenlos blauer Himmel, dreißig bis fünfunddreißig Grad. Die Nächte tropisch warm, selten unter zwanzig Grad. So war es gestern, so ist es heute, so soll es laut Wetterbericht morgen sein. Seit Wochen ging das so, eigentlich seit Monaten. Schon im April hatte es Tage mit dreißig Grad gegeben. Und jetzt war August. Man verliert ganz das Zeitgefühl, dachte Leonie, und alles scheint nur noch im Zeitlupentempo vor sich zu gehen. Der Körper war träge, selbst die Straßenbahnen schlichen nur noch dahin, und die Gedanken wanderten weder rückwärts noch vorwärts. Nicht in die Vergangenheit, nicht in die Zukunft. Die pure Gegenwart.

Im Atelier herrschte Dämmerlicht, sie hatten alle Läden geschlossen, das Licht fiel nur in feinen, gleißenden Streifen auf Werkbank und Boden. Bruno sah müde aus, aber sie war es auch. Der Tag hatte sich gezogen wie ein Kaugummi.

»Nun geh schon endlich«, sagte Bruno, »mach Schluss für heute. Ist ja nichts los. Das ist die Sommerflaute. Ab in den See! Wofür hat Zürich so viele Badeanstalten.«

Recht hatte er. Nett war er, der alte Bruno. Leonie räumte ihren Arbeitsplatz auf, warf Bruno eine Kusshand zu und griff nach ihrem Rucksack – Steinwiesplatz, Kunsthaus, Bellevue, es waren kaum mehr als zehn Minuten zu Fuß, und man sah den See glitzern. Wasser, ja, Wasser, das machte die Stadt wirklich wunderschön, und ihre Badesachen, die hatte sie in diesem Sommer immer dabei. Und genau in diesem Moment ging die Tür auf und es kam ein Kunde herein, den Geigenkasten unter dem Arm. Und er wandte sich nicht an Bruno, der ja noch in seinem altmodischen Kittel dastand, sondern an sie, die die Sonnenbrille schon aufhatte und einen Sonnenhut in der Hand und den Rucksack über der Schulter. Und er musste ausgerechnet ihr erklären, dass die Geige überholt werden musste, weil es seine Lieblingsgeige war und er sie unbedingt demnächst auf Tournee mitnehmen wollte. Sie gastierten in Weiß-nicht-wo, irgendwann, wenn die Sommerpause endete und die Opern- und Konzertsaison wieder begann. Das letzte Mal, sagte er und wollte wohl charmant sein, habe sie ihn so gut beraten, da wolle er ihr jetzt sein bestes Stück ...

Und jetzt war sie schon fast beim Bellevue und hatte immer noch die stupide Tonleiter im Kopf, mit der sie noch schnell routinemäßig die Geige ausprobiert hatte, die Niels Meyer zur Überholung abgeben wollte. Obwohl sie schon am Gehen war und ihn mit einem unfreundlichen Blick bedacht hatte. Wie blöd ist das denn, dachte sie. Eine Tonleiter, die im Kopf steckenbleibt. Und das Bild von Niels Meyer mit seinem leicht arroganten Blick, auch das war immer noch da. Aber dann wischte die Hitze das Bild doch aus ihrem Kopf und löschte die Tonleiter, und sie stieg in der Badi Enge die kleine Leiter hinunter direkt in den See, die große Wasserfontäne in greifbarer Nähe, die Berge leicht verschwommen am Horizont, nicht so nah und gestochen scharf wie an den Tagen, an denen der Föhn die Stadt im Griff hatte. Sie schwamm in langen Zügen, manchmal verfing sich ein Fuß in grünen Algenranken, als griffe eine Nixe nach den Menschenwesen.

Es war schon fast Ende August, und je wärmer das Wasser wurde, umso mehr Algen schwebten im kaum bewegten See. Wäre der See das Meer, dachte Leonie, würden sich jetzt wohl im warmen Wasser Geschwader von Quallen nähern. Aber dies war nur der See, und da war schon das Floß, zu dem sie immer schwamm, und die kleine, ins Wasser hängende Leiter, über die man hinaufklettern konnte. Sie fand noch einen Platz, wrang die klatschnassen Haare aus und ließ sich vom Floß leise schaukeln. Unter den warmen Holzplanken schwappte das Wasser, das sanft klatschende und schmatzende Geräusch lullte sie ein, ewig, dachte sie, man könnte ewig so dösen. Aber dazu war es auch hier zu heiß. Sie ließ sich zurück ins Wasser gleiten, und da sah sie doch, du lieber Himmel, was? Das war doch Niels Meyer, der da zielstrebig auf das Floß zu kraulte. Nein, wirklich nicht. Nicht das. Wobei, das hätte sie jetzt nicht gedacht, dass er so sportlich kraulen konnte. Trotzdem: Kehrtwendung. Richtungsänderung. Nichts wie hinüber zur Frauenabteilung! War das nicht toll, dass die Badi zweigeteilt war? Eine Hälfte gemischt, eine Hälfte nur für Frauen. Und das Ganze mit einem Steg verbunden. Sie würde einfach am einen Ort aus dem Wasser steigen und am anderen ihre Sachen aus der Kabine holen, sich ihr Badetuch schnappen und sich wegschleichen. Genau.

»So ein Zufall«, sagte Niels. Das Wasser tropfte aus seinen blonden Haaren, das Handtuch hatte er über die Schulter geworfen. »Willst du schon los?«

Leonie nickte. »Ja, wie man sieht.«

Nur einen Tick schneller – und sie wäre davongekommen.

»Schade«, sagte Niels. »Und ich kann dich nicht zu einem Drink überreden?« Er rubbelte sich mit dem Handtuch die Haare trocken, und ganz offensichtlich wusste er, dass er einen super Body hatte. »Gehst du immer hier schwimmen?«

»Ne.« Sie schüttelte den Kopf. »Frauenbadi in der Limmat, Utoquai, Letten, Tiefenbrunnen – wie's sich gerade ergibt.«

Das stimmte ganz und gar nicht, das hier war sozusagen »ihre« Badi, schon immer.

»Ach so«, sagte Niels. »Ich bin am liebsten hier! Es gibt keinen schöneren Blick auf den See. Die Bar ist gut, man kann eine Kleinigkeit essen, das Ganze nicht so groß ... Keine Möglichkeit, mich hier mit dir zu verabreden?«

»Eher nicht«, antwortete Leonie und biss sich auf die Lippen, denn das klang nach »vielleicht doch«.

Aber Niels bohrte nicht nach.

»Na, dann einen schönen Abend noch«, sagte er, erwiderte den Gruß einer Blondine, die vorüberging, hob kurz die Hand zu einem lässigen Abschiedsgruß und verschwand Richtung Garderobe.

2

Der alte Bruno hatte keine Lust mehr auf Nachrichten. Er saß wie jeden Morgen mit seinem Kaffee vor der Zeitung und sah wie jeden Tag auf die wechselnden und eigentlich immer negativen Schlagzeilen, die ihm, wie der Name schon andeutete, häufig einen Schlag in die Magengrube versetzten, ob es nun um lokal-, innen- oder außenpolitische Nachrichten ging.

Heute ging es um Lokalpolitik, aber, wenn man so wollte, um eine global verbreitete Folge eines bestimmten, auf Spekulation beruhenden Wirtschaftens.

Er las: »Selbst Gutverdienende finden in Zürich kaum mehr eine Wohnung«. Die augenblickliche Leerstandsquote in der Stadt, so stand es da, betrug 0,07 Prozent. Und auch gut ausgebildete Personen mit branchenüblichem, durchschnittlichem Gehalt (als Beispiel wurde eine Direktionsassistentin angeführt) lebten nach aussichtsloser Suche – wieder bei den Eltern. Italienische Verhältnisse! Himmelherrgott, wo soll das denn noch hin, dachte Bruno. Zürich, eine Stadt reserviert für Millionäre, Investoren, Immobilien-Spekulanten!

Sein eigener Sohn Fabio, davon konnte man ausgehen, hatte nicht vor, wieder bei seinem Vater einzuziehen, er war erfolgreicher Banker und wohnte mit seiner Frau, die ebenfalls eine erfolgreiche Bankerin war, in einer großzügigen, luxuriösen Neubauwohnung, wie sie in den letzten Jahren zwischen den alten Villen am Zürichberg entstanden waren.

Bruno hingegen lebte in dem kleinen alten Giebelhaus, in dem er schon aufgewachsen war und das – anachronistisch bescheiden mit Gärtchen mitten im Zentrum – in der Nähe des Steinwiesplatzes stand. Im Erdgeschoss hatte Bruno sein Geigenbau-Atelier eingerichtet, im ersten Stock lebte er. Viel hatte er nicht verändert, nachdem seine Frau vor einigen Jahren gestorben war.

Es war schwer gewesen, die Wohnung nicht zum Museum alter, glücklicher Zeiten erstarren zu lassen und einen Ausgleich zu finden zwischen Erinnerung und neuem Leben. Aber das hatte er mit einigen Mühen dann doch ziemlich gut geschafft. Marisa, seine Tochter, hatte ihm dabei geholfen. Das alte Schlafzimmer hatte er weggegeben und sich mit leichteren Möbeln eingerichtet, die vielseitiger zu verwenden waren. Aber der große alte Esstisch war geblieben. Sie hatten so gern Besuch gehabt! Der muss bleiben, hatte auch Marisa verlangt, er war doch immer das Zentrum des Hauses!

Bruno trank seinen Kaffee aus und sah noch einmal auf die Schlagzeile. Nein, er mochte die Zeitung heute nicht lesen. Auf Seite zwei stand sicher nichts Schöneres. Aber er brauchte noch einen Kaffee, am besten einen starken Espresso aus der Bialetti, um »in die Gänge zu kommen«, wie Fabio das nannte, der Unmengen Kaffee trank und dementsprechend wohl immer im vierten Gang fuhr, trotz der bequemen Automatik seines Tesla.

Bruno öffnete die Fenster im Atelier und ließ die Morgenluft herein, bevor die Hitze wieder einsetzte, die seit Wochen wie eine drückende Glocke über Zürich lag.

Er kam nicht gut zurecht mit dem heißen Wetter, er hatte das Gefühl, sein Körper müsse mit aller Kraft dagegenhalten, und das strengte ihn an.

In der Küche röchelte und gurgelte die Bialetti. Er stellte das Gas ab, dachte kurz darüber nach, ob er eher einen Elektroherd anschaffen sollte, aber Strom und Gas, beides wurde ja immer teurer, und darum konnte es eigentlich getrost so bleiben, wie es war. Bruno goss sich mit einem leisen Seufzen seinen Espresso ein.

Noch eine Viertelstunde wollte er in seinem Lieblingssessel sitzen, ja, er wollte einfach noch ein bisschen dasitzen und nachdenken ... oder auch gar nichts denken, bis Leonie kam. Gut, dass er sie fest angestellt hatte, das nahm viel Druck von ihm. Er wollte das Gefühl nicht wahrhaben, aber die Dinge gingen ihm nicht mehr so leicht von der Hand wie vor wenigen Jahren noch.

Er faltete die Zeitung ungelesen ordentlich zusammen, denn Ordnung war für einen Witwer das halbe Leben, wenn er nicht zu einem miefigen Alten werden wollte, und dachte an sein letztes, nicht besonders erfreuliches Gespräch mit seinem Sohn Fabio, der gestern Abend vorbeigekommen war, um ihm wieder mal die Leviten zu lesen.

»Du solltest endlich darüber nachdenken, Papa, das Haus zu verkaufen. Preise wie im Moment, die erzielst du nie mehr! Der Markt ist total ausgetrocknet! Die Leute suchen händeringend nach Häusern. Das Grundstück hier ist Millionen wert, mitten im Zentrum, die Hypothekarzinsen – noch – tief. Wenn man das Häuschen abreißt, lässt sich ein Block mit mehreren Wohnungen hier hinstellen, und jede einzelne davon kannst du locker für fünftausend Franken im Monat vermieten, wenn du nicht Eigentumswohnungen daraus machst. Da würde jede weit mehr als eine Million bringen.«

Es war nicht das erste Mal, dass Fabio vorschlug, das Haus zu verkaufen, aber mit den ins Astronomische steigenden Preisen für Wohneigentum wurde sein Vorschlag dringlicher.

Bruno winkte ab. »Für Menschen, die sich hauptsächlich für Geld und seine Vermehrung interessieren, und als Banker musst du das ja, mag das stimmen. Da hast du schon recht. Ich interessiere mich aber mehr dafür, dass ich in diesem Haus geboren und aufgewachsen bin. Oder dafür, dass deine Mutter und ich hier glücklich gelebt haben, du übrigens auch als Kind, hoffe ich. Und Marisa liebt das Haus. Vielleicht zieht sie ja mal zurück von Genf nach Zürich und möchte dann das Haus übernehmen? Und seit vierzig Jahren habe ich unten das Atelier. Eine schöne Ewigkeit. Wie gern sind die Musiker immer hierhergekommen! Und stell dir vor, ich habe im Sinn, noch eine Weile weiterzuarbeiten.«

Dass er manchmal unter Herzbeklemmungen litt, würde er seinem Sohn ganz sicher nicht unter die Nase reiben.

»Aber Papa, du bist längst im Pensionsalter, so lange wirst du dann doch nicht mehr arbeiten. Dann hockst du hier allein in diesem Haus, das zu groß für dich ist, um es mitsamt seinem Garten in Schuss zu halten.»

»Im Moment kümmere ich mich noch gern selbst um meinen Garten und meinen Haushalt«, antwortete Bruno trotzig. »Auch wenn du mich lieber im Altersheim sehen würdest. Und davon abgesehen: Ich könnte mir einen Gärtner nehmen. Und eine Putzfrau.«

»Ja … natürlich.« Fabio sah sich um. In der Tat sah alles sehr ordentlich aus. Aber so schnell gab er sich nicht geschlagen. Alte Menschen sind eben eigensinnig. Und sein Vater war schon immer ein Sturkopf gewesen.

»Trotzdem, Papa. Jetzt fühlst du dich noch gut. Im Moment hast du das Gefühl, dass es immer so bleibt. Aber das Alter lässt sich nicht aufhalten. Auch du wirst irgendwann Hilfe brauchen. Lucy und ich können uns nicht um das Haus kümmern, du weißt ja, wie viel wir arbeiten.«

»Um mich könnt ihr euch nicht kümmern, willst du doch sagen. Nenn die Dinge doch beim Namen!«, fuhr Bruno ungeduldig auf. Aber Fabio wollte sich nicht aus dem Konzept bringen lassen. Nicht von dem alten Mann.

»Und wir wollen nicht, dass du hier irgendwann, überfordert von allem, vereinsamst …«

»Und vor dich hin verwest, ohne dass es jemand merkt«, ergänzte Bruno. »Danke für die Fürsorglichkeit. Ich kümmere mich schon selbst darum, wenn es Zeit wird, ein Altersheim zu suchen. Aber wahrscheinlich hast du schon erste Zeichen von Demenz bei mir festgestellt, die mir selbst entgangen sind.«

Da war Fabio aufgestanden, jetzt ärgerlich wie sein Vater.

»So bringt das doch nichts!«, sagte er ungehalten. »Du willst mich nicht verstehen. Und du willst vor dir selbst nicht zugeben, dass du älter wirst. Wenn wir das Haus verkaufen, hättest du bis ans Lebensende finanziell alle Möglichkeiten, dir ein wunderbares Leben zu machen und andere für dich sorgen zu lassen. Nach genau deinen Vorstellungen und Wünschen.«

»Und genau das tue ich«, entgegnete Bruno. »So, wie du mir das ausmalst, lebe ich nämlich. Jetzt schon. Ohne das Haus zu verkaufen. Das Wohnen kostet mich kaum noch was, die Hypotheken sind abbezahlt und Rücklagen für Reparaturen, die anfallen könnten, habe ich. Ich bin wunschlos glücklich, mein Lieber, wie der Fischer, der nicht investieren will, wie der Manager es ihm vorschlägt, damit er irgendwann andere für sich arbeiten lassen kann, weil er nämlich da schon ist, wo er nach Meinung des Managers irgendwann hingelangen könnte – nämlich dahin, einfach sorgenfrei nach Herzenslust zu fischen. Ich *kann* nach Lust und Laune fischen, und ich habe genug gespart, um das noch eine Weile durchzuhalten. Grüß Lucy von mir.«

Fabio hatte mit den Schultern gezuckt, »Ciao, Papa« gesagt und war verschwunden, fassungslos darüber, dass sein Vater einfach nicht zur Kenntnis nehmen wollte, dass er da einen Goldschatz direkt unter seinem Allerwertesten hatte. Geld muss man arbeiten lassen, damit es sich vermehrt. Aber das hatte sein Vater noch nie verstanden.

3

Es war eine Katastrophe.

»Weißt du, was das bedeutet?«, rief Benjamin Baratta verzweifelt. »Du bist der Chef de Service! Martin! Wenn du gehst, kracht das hier zusammen. Da kann ich aufhören!«

Martin schwieg.

»Du weißt so gut wie ich, dass es kein Fachpersonal gibt. Und ich hab keine Kellner, die es schaffen, das Ganze im Blick zu behalten!«

Mitternacht war längst vorbei, die letzten Gäste waren vor einer knappen Stunde gegangen. In der Küche putzten sie noch, die beiden Kellner hatten sich verabschiedet, und eigentlich wollte Benjamin notieren, was morgen als Erstes zu besorgen war. In der Küche schepperten die leeren Flaschen, die die Küchenhilfe in die Harasse warf. Die Getränke, schoss es Ben durch den Kopf. Himmel, ja, morgen kommt die Weinhändlerin, das darf ich auf keinen Fall vergessen.

»Ich weiß«, sagte Martin erschöpft. »Aber ich kann nicht mehr. Ich will nicht mehr. Ich brauche eine Pause. Vielleicht was anderes. Irgendwas. Zeit umzusatteln. Der Job ist einfach zu hart. Sorry. Das *Baratta* ist ein supertolles Lokal. Du bist cool, die Gäste sind cool. Das Essen ist Spitze. Aber *die* Arbeit hält man nicht unbegrenzt durch, Mann. Ich hab mich entschieden. Ich geh.« Er legte Benjamin die Hand auf die Schulter, als wollte er sich entschuldigen. »Wir waren ein gutes Team. Fällt mir nicht leicht. Sorry.«

* * *

Als alle weg waren, zog Ben sich um, löschte das Licht und schloss die Tür zum *Baratta* ab. Vor sechs Wochen hatte einer der Köche den Löffel hingeworfen und gekündigt, und weil Ben keinen Ersatz gefunden hatte und der zweite Koch nicht rund um die Uhr arbeiten konnte, hatte er neue Öffnungszeiten festsetzen müssen. Außer Freitag, Samstag und Sonntag war das *Baratta* jetzt am Mittag geschlossen. Aber das würde nun auch nicht mehr genügen.

Der Schockfroster!, dachte Ben verwirrt, als das Klingeln an der Tür ihn aus dem Schlaf riss. Der Schockfroster arbeitet nicht mehr richtig, das hatte Nara, die Küchenhilfe, ein junger Mann aus Sri Lanka, ihm gestern Abend noch im Gehen zugerufen. Ben versuchte, zu sich zu kommen. Wo war er überhaupt? Er war ja zu Hause! Also hatte er das jetzt gerade geträumt ...

Ben sah, dass er sich beim Nachhausekommen nicht einmal ausgezogen hatte und in seinen Kleidern auf dem Bett eingeschlafen war. Wie viel Uhr war es denn? Er suchte nach seinem Handy. Halb elf … Es klingelte erneut.

Er stand hastig auf und versuchte seine Gedanken zu sortieren. Es war Donnerstag, genau. Der Schockfroster war wirklich defekt, leider war das kein Traum, sondern bittere Realität. Ohne Schockfroster konnten sie nicht vorproduzieren. Und heute hatte er einen Termin mit der Weinhändlerin, die ihm neue Bündner Rotweine vorstellen wollte – das musste er noch einmal gründlich überlegen, ob er es sich leisten konnte, eine größere Menge zu bestellen. Die Weine waren vorzüglich, das wusste er, aber kostengünstig waren sie nicht …

Er griff nach einer Scheibe Zopf, die halb vertrocknet auf dem Küchentisch lag, biss ab, um den schalen Geschmack im Mund zu vertreiben, und öffnete die Tür. Ach herrje. Es war Nadine.

***

Fast gleichzeitig mit dem Zucken der Blitze krachten die Donnerschläge herunter, das Gewitter entlud sich direkt über der Stadt. Heftig, wie die Hitze gewesen war, stürzte der sintflutartige Regen herab. Es gurgelte in den Gullis, im Nu stand das Wasser, das nicht schnell genug abfließen konnte, auf den Straßen, die Trams blieben auf offener Strecke stehen.

Als das Gewitter losbrach, hatte sich Leonie, die auf dem Weg vom Atelier nach Hause war, zuerst in einen Hauseingang geflüchtet, aber so wenig ein Schirm jetzt nützte, so wenig schützte ein lächerliches kleines Vordach gegen die Naturgewalt.

Leo zog die Sandalen aus und rannte barfuß weiter, hinein in die Oberdorfstraße, bis zur Trittligasse, und während ihr die braunen Strähnen wild ins Gesicht hingen und die Wassermassen sich über ihr entluden, kramte sie nach dem Schlüssel und rettete sich ins Haus, jämmerlich durchgeweicht bis auf die Knochen. Dabei war ihr Arbeitsweg denkbar kurz. Überhaupt war Leonies Wohnung in der Altstadt ein absoluter Glücksfall.

Die Häuser und Gassen im Kern der mittelalterlichen Altstadt von Zürich waren so verwinkelt und romantisch, als hätte sie jemand nur hingemalt. Jedes Mal, wenn Leo nach Hause kam und die Stufen der Gasse hinaufstieg, wunderte sie sich aufs Neue darüber, dass das alles hier *wirklich* existierte! Aber so war es, kein Krieg hatte hier je etwas versehrt, und jetzt standen die meisten der Häuser unter Denkmalschutz und durften zumindest, was die Fassade anging, nicht verändert werden.

Leo war sich damals, als sie die Wohnung bezog, natürlich gleich im Klaren darüber gewesen, was für einen Sechser im Lotto sie gezogen hatte. Sie hatte die kleine Dachwohnung von einer Freundin übernehmen können, die sie als Nachmieterin vorgeschlagen hatte, als sie aus Zürich wegzog. Nicht, dass die Wohnung besonders komfortabel gewesen wäre, romantische Gemütlichkeit hat ja nicht unbedingt etwas mit Bequemlichkeit zu tun. Oder wie man hier sagte, »gäbig« war die Wohnung nicht. Aber wen schert das mit dreißig?

Alles, was sie brauchte, hatte Platz: das Bett und ein alter Schrank, den sie auf dem Flohmarkt auf dem Bürkliplatz gefunden hatte, die bunten marokkanischen Glaslämpchen an ihren Ketten, das kleine Sofa mit den vielen Kissen und der Bistrotisch, an den sie sich auch zu viert quetschten, wenn es sein musste. Die winzige Küche erlaubte nur einen begrenzten kulinarischen Ehrgeiz, aber für Leonies Kochkünste reichte sie allemal. Vor dem Fenster hielten sich sogar der grünstachelige Rosmarin und der Zitronenthymian recht wacker. Diesen Sommer waren, wer sagt's denn, vor dem Fenster sogar höllisch scharfe Peperoncini herangereift. Überhaupt veränderte sich durch die milden Winter und immer wärmeren Sommer die Flora in der Stadt. Bald würden auf der Dachterrasse Palmen und Agaven gedeihen! Allerdings waren der

Zitronenthymian und der Topf mit den Peperoncini verschwunden, wie sie beim Hereinkommen bemerkte. Der Wind hatte sie weggefegt. Nur der Rosmarintopf, den sie aus welchen Gründen auch immer mit Draht angebunden hatte, stand noch zerzaust an seinem Platz.

Drinnen war es noch stickig heiß, gleich, wenn das Unwetter vorbei war, würde sie alle Fenster aufreißen und die kühlere Luft hereinlassen.

Leo zog sich die nassen Klamotten vom Leib, duschte, wusch die Haare und ließ sich dann aufs Sofa fallen.

Was Sina wohl trieb? Zeit, mal wieder anzurufen. Und als wären sie immer noch die unzertrennlichen Schulfreundinnen, schien Sina zu ahnen, dass Leo anrufen wollte, und kam ihr zuvor.

»Und«, fragte sie so ziemlich im ersten Satz, »bist du inzwischen mal mit dem Geiger vom Opernhausorchester ausgegangen? Dem blonden Niels?«

»Ja, war nicht zu vermeiden«, gab Leo zu. »Diesen Sommer haben sich wirklich alle in See und Fluss gestürzt, und hätte ich jetzt *nicht* in die Badi gehen sollen? Nur um Niels nicht zu treffen?«

»Na also, es gäbe ja diverse Möglichkeiten, wo du schwimmen gehen könntest ...»

»Nein!«, erwiderte Leonie verdächtig heftig, »ich lass mich doch nicht aus meiner angestammten Badi vertreiben, nur weil er sie auch für sich entdeckt hat! Ich bin ja auch auf die Frauenseite gegangen ...«

»Aber im See trifft man sich halt«, sagte Sina. »Klar. Verstehe. Ist ja auch winzig, der See. Und, wie weit seid ihr?«

»Wie ... wie weit seid ihr?«

»Okay, ich merke, du willst nicht drüber sprechen. Aber seht ihr euch weiter?«

»Ja, tun wir«, sagte Leo. »Aber ich weiß selbst noch nicht, was ich darüber denke. Und du? Was treibst du so?«

Sina lebte seit einiger Zeit in Spanien.

»Ich hab ein dickes Buch zu übersetzen, wunderbar, das bringt ein bisschen Kohle. Ich muss den Generator ersetzen, der für Strom sorgt, wenn ich keinen Solarstrom habe, und ich möchte gern noch eine weitere Solarzelle fürs Dach anschaffen. Nein, alles bestens hier. War aber auch hier wahnsinnig heiß in der letzten Zeit, es war unmöglich, draußen im Garten zu arbeiten oder an der Steinmauer. Und drinnen ist mir der Schweiß auch nur so runtergelaufen ... Aber sag mal, was geht jetzt da eigentlich mit deiner Wohnung? Gibt es Neuigkeiten?«

»Sina! Musst du das fragen?! Jetzt hab ich das den ganzen langen Sommer über so erfolgreich verdrängt.«

»Ja, aber du musst dir doch mal langsam Gedanken machen, was werden soll, oder?«

»Ja«, sagte Leo. »Aber ich will nicht.«

»Was heißt, du willst nicht?«

»Ich will nicht, weil ich keinen Rat weiß«, antwortete Leonie.

***

Sina und Leo. Die beiden waren befreundet, seit sie Kinder waren. Sina, deren Mutter Deutsche war, war in Zürich zur Welt gekommen, Leonie schon sieben, als ihre Eltern mit ihr aus Frankfurt in die Schweiz und nach Zürich zogen. In ihrer neuen Schulklasse war sie die Außenseiterin. Der Schweizer Dialekt und damit die anderen Kinder waren ein Buch mit sieben Siegeln für sie.

Staunend hatte sie zugesehen, wie Sina mühelos zwischen dem Dialekt und dem Hochdeutschen hin- und herwechselte, und bald waren die beiden unzertrennlich. Sinas Mutter kochte ähnliche Gerichte wie Leonies Mutter, alles schien Leo zu Hause bei der Freundin vertraut, der Sauerbraten schmeckte wie in Frankfurt, der Käsekuchen war leicht und zitronig und ein bisschen krümelig auf seinem Mürbeteig und hatte nichts mit dem Schweizer Käsekuchen zu tun, der herzhaft, eine »Wähe« und damit eigentlich eine Art Quiche war. Überhaupt war Sinas Mutter eine begnadete Kuchenbäckerin. Eigentlich war es ein Wunder, dass die Familie inklusive Sina nicht dick und rund war.

Die Mädchen waren die ganze Schulzeit hindurch eng befreundet geblieben, und erst nach dem Abitur schlugen sie unterschiedliche Wege ein. Sina studierte Germanistik und Spanisch, Leonie, die sich lange nicht entscheiden konnte, ob sie an der Hochschule für Gestaltung die Richtung Grafik und Design einschlagen oder eher der Musik und ihrer Liebe zur Geige treu bleiben sollte, entschied sich schließlich, Geigenbauerin zu werden. Sina ging für ein Jahr nach Spanien, Leo konnte nach bestandener Aufnahmeprüfung an der Schweizer Geigenbauschule ihre vierjährige praktische Ausbildung zwar in Zürich machen, musste aber deren theoretischen Teil in Brienz absolvieren. Und so sahen sich die Freundinnen nun seltener.

Während des Studiums hatte Sina regelmäßig in einem Zürcher Buchverlag ausgeholfen und erhielt dort gleich nach ihrem Studium eine Stelle – ein Wunder, denn Verlagsstellen konnte man sich aus dem Kopf schlagen, so dünn waren sie gesät. Leonie ihrerseits war nach Abschluss ihrer Ausbildung für ein Jahr zu einem Geigenbauer nach Cremona gegangen, dorthin, wo Antonio Stradivari einst zur Welt gekommen war und die Familien Guarneri und Amati ihre berühmten Geigen gebaut hatten. Und dann war sie zu

Bruno Cantieni zurückgekehrt, ihrem Zürcher Lehrmeister, und seine feste Mitarbeiterin geworden.

***

Als Leo damals aus Italien zurückkam, hatte sie in Zürich eine völlig aufgelöste Sina angetroffen. Ihre Freundin hatte sich vor einiger Zeit Hals über Kopf leidenschaftlich verliebt und schon nach wenigen Monaten geheiratet. Aber es schien sehr schnell vorbei mit dem großen Glück. Ihrem Mann, einem angesehenen Journalisten, ein paar Jahre älter als Sina und auf der Karriereleiter schon um einiges weiter als seine junge Frau, wurde eine attraktive Stelle als Korrespondent für Mitteleuropa in Wien angeboten. Robert ging davon aus, dass Sina ihn natürlich nach Wien begleiten würde.

Sina verstand, wie interessant die neue Stelle für Robert war, das wäre sie ja auch für sie selbst – als Frau an seiner Seite. Aber sie hatte gerade erst ihren eigenen ersehnten Platz in einem Verlag gefunden! Das war die Erfüllung *ihres* Traums. Wie konnte sie mitgehen nach Wien, ehe sie nicht dort eine vergleichbare Stelle für sich gefunden hatte? Es wäre doch Wahnsinn gewesen, einfach so ins Blaue hinein zu kündigen! Darum wollte sie pendeln und Robert so oft wie möglich in seiner neuen Wiener Sechszimmerwohnung besuchen und Kontakte zu den Verlagen in Wien aufbauen.

Robert verstand ihre »Zicken« nicht. Er bot ihr ein spannenderes Leben, als die meisten Männer es ihr je hätten bieten können. Es kränkte und verletzte ihn, dass sie das nicht anerkannte und sich nicht in seine Karrierepläne einpassen ließ. Nicht, dass er etwas gegen ihre Arbeit hatte, ein Verlag war sicher ein anregender, vielseitiger Arbeitsort. Aber sie hatte sich für ihn entschieden, ihn geheiratet, sein Leben teilen wollen. Die Auseinandersetzung war heftig, und Sina hatte sich eines Abends weinend und leicht angetrunken in Leos Arme geworfen, hin- und hergerissen zwischen ihrer Liebe und ihrem Anspruch, ein eigenes erfülltes Berufsleben zu leben.

»Ich verstehe ihn ja«, schluchzte sie, »aber er hat nicht die geringste Lust, *mich* zu verstehen. Er findet mich einfach jenseits! Er ist aus allen Wolken gefallen, als ich ihm vorgeschlagen habe, wir könnten erstmal die Zürcher Wohnung behalten, bis sich für mich in Wien eine Chance ergeben hat. Und ich bin, ehrlich gesagt, echt abgestürzt, als ich begriffen habe, dass er ganz selbstverständlich davon ausgeht, dass ich meine Arbeit und alles hier aufgebe ...« Sie umarmte Leo mit verquollenen Augen, das zerknüllte Papiertaschentuch in der Faust. »Vielleicht hat er aus seiner Sicht ja sogar recht. Aber eine Ehe besteht doch aus zwei Leuten ...«

»Das ist eben das Problem«, hatte Leo trocken geantwortet. »Vielleicht haben in einer Ehe ja nur anderthalb Leute Platz.«

»Spinnst du?« Jetzt musste Sina doch lachen. »Na ja, vielleicht ist ja was dran«, sagte sie bedächtig. »Nein«, fügte sie dann entschlossen hinzu, »das war nun wirklich gestern. Inzwischen sind wir doch in anderen Zeiten angekommen.«

Sina pendelte also. Robert nicht. Bis Robert ihr eines Tages in Wien erklärte, dass er die Scheidung wolle. Er sagte es nicht, aber er brauchte, wie sich herausstellte, die Wohnung für eine andere Frau

4

Komm rein«, wollte Benjamin Baratta sagen, als er Nadine an der Tür sah, aber sie stand schon im Flur, ehe er sie dazu auffordern konnte.

»Wieder keine Zeit zum Frühstücken?« fragte sie mit einem Nicken in Richtung seines Stücks Zopf. »Wie immer?«

Benjamin antwortete nichts.

»Hättest du trotzdem einen Kaffee für mich?« Sie war in die Küche gerauscht und schob schon eine Kaffeekapsel in die Maschine, die zischend einen Espresso produzierte und ihn in die Tasse tröpfeln ließ, die Nadine ihr hinhielt.

»Du ...«, sagte Ben entschuldigend, aber Nadine wartete gar nicht erst das Ende des Satzes ab.

»Du hast gerade keine Zeit«, führte sie den Satz zu Ende. »Verstehe. Aber es tut mir leid: Heute wirst du dir den kurzen Moment Zeit nehmen, den es braucht, bis ich dir gesagt habe, was ich zu sagen habe. Es dauert nicht lange.«

Benjamin, völlig überfordert von der unerwarteten Attacke, entgegnete nichts darauf, zeigte nur auf das Sofa, als wolle er sagen, setz dich doch. Dann setzte er sich im Schneidersitz auf den Teppich. Er ahnte, was ihn erwartete, und er wusste nicht, wie er das kommende Unheil hätte abwenden können. Sie hatten eine Krise, das war wahr. Und sie hatte ja recht mit ihren Vorwürfen. Er hatte zu wenig Zeit für sie.

Nadine ließ sich aufs Sofa sinken, die Tasse in der Hand, und sah ihn fast mitleidig an.

»Du hast nichts im Haus, was du mir anbieten könntest, außer Kaffee, ich weiß. Der Zopf ist halb vertrocknet, die Butter gerade alle. Aber doch, die Marmelade ist prima. Davon steht sicher noch was im Kühlschrank, ich hab sie ja selbst reingestellt.«

Ihre Stimme klang bitter, nach Enttäuschung, Resignation. Der Hohn, der darin mitschwang, sollte das wohl verbergen. Dann griff sie aber doch nach ihrer Handtasche und holte eine Tüte mit zwei Croissants heraus.

»Hier«, sagte sie und hielt ihm eines hin, »ich hab uns was mitgebracht.« Das klang fast versöhnlich. Fast wie die alte Nadine, fast wie die Nadine, die ihn mit Entschiedenheit hatte kennenlernen wollen und die plötzlich zu seinem Leben gehörte, ohne dass er recht wusste, wie das geschehen war.

Er nahm das Croissant und lächelte schwach.

»Aber«, fuhr Nadine fort, »es bleibt trotzdem bei dem, was ich dir jetzt sagen muss. Es ist Schluss, Benjamin.« Ihre Stimme war ein bisschen brüchig geworden, fast weich. »Schluss. Verstehst du? Ich will nicht mehr. Ich will nicht mit jemandem zusammen sein, jedenfalls nicht für immer, mit einem, der nie Zeit hat. Und der dabei nicht mal das große Geld macht. Ganz im Gegenteil. Das Leben spielt anderswo. Für dich spielt es nur im *Baratta*. Ja, es ist ein schönes Lokal. Ein gutes Restaurant. Du kochst super, deine Menu-Ideen sind grandios, deine Gäste schätzen dich. Aber ich wollte mehr. Ich wollte dich lieben und eines Tages Kinder mit dir haben. Ich bin vierunddreißig, du bist fünfunddreißig. Wie stellst du dir das vor mit Familie? Schon mal an eine Familie gedacht? Ist an diesem meinem Wunsch etwas, was du verstehen kannst? «

Ihre Stimme war wieder lauter geworden, fast aggressiv. Er nickte.

Ja, er hatte nie Zeit. Ja, er arbeitete immer dann, wenn andere mit ihren Freunden und Freundinnen ausgingen. Wenn andere sich trafen, stand er in der Küche. Wenn andere ins Kino gingen, begrüßte er im Restaurant seine Gäste. Und wenn andere, endlich Vater geworden, abends ihre Kinder ins Bett brachten, würde er, falls er je Vater wurde, nicht zu Hause sein, weil Restaurants nun mal abends offen haben. Vor allem am Wochenende, wenn Familien ihre Ausflüge machten und sich mit anderen jungen Familien trafen. Zum Beispiel zum Brunch in seinem Restaurant …

Benjamin wusste, dass er nichts zu seiner Verteidigung vorzubringen hatte. Außer dem Hinweis, dass das nun mal sein Beruf war. Nadine hatte triftige Argumente. Und ein Recht auf ihren Familienwunsch. Er zuckte hilflos mit den Schultern. Das machte sie noch wütender.

»Hast du das mal gegeneinander abgewogen? Deine beruflichen und deine persönlichen Ziele? Hast du dich schon mal gefragt, ob wir so, wie es ist, eine Familie planen könnten?« Sie gab selbst die Antworten. »Ja. Natürlich ginge das. Wenn ich alles übernehmen würde, was die Kinder angeht. Und den Haushalt. Und das Familienleben ganz allgemein. Klar. Aber das will ich nicht und werde ich nicht. Und darum ist jetzt Schluss.«

Sie stellte die leere Tasse auf den Boden und stand auf, griff nach ihrer Handtasche, wandte sich zur Tür.

Wollte sie von ihm aufgehalten werden? Gab sie ihm noch eine Chance, oder war sie wirklich entschlossen, die Sache zu beenden?

Ben erschrak, als er »die Sache« dachte. Eine Beziehung war ja keine Sache, wie lieblos war dieses Wort. Wie stand es denn um seine Gefühle? Seine Wünsche? Hatte er sich je Nadine für immer an seiner Seite vorgestellt? Sie mit gemeinsamen Kindern vor sich gesehen?

Nein, das hatte er nicht. Sie hatte sich in sein Leben gedrängt, und er hatte es zugelassen. Nicht nur das. Es war bequem gewesen, er hatte ja wirklich nicht mal die Zeit, eine Freundin zu suchen. Eigentlich hatte die Idee ihm auch ferngelegen. Eigentlich suchte er gar niemanden, so merkwürdig das allen erscheinen mochte. Und da war Nadine aufgetaucht, hatte sich bei ihm eingehängt, ihn geküsst und auf einmal neben ihm im Bett gelegen. Und er hatte keinen Grund dafür gefunden, warum das nicht so hätte sein sollen oder dürfen. Nadine war intelligent, auch hübsch, sie war, was man eine *gute Frau* nennt, aber als *seine* Frau hatte er sie nie gesehen ...

Er hätte das eher zugeben sollen, es ganz klar sagen, sich nicht zwei Jahre darauf ausruhen, dass es angenehm war, nicht ohne Freundin zu sein, Sex zu haben, jemand, mit dem man frühstücken konnte, je nachdem. Es war ungerecht ihr gegenüber. Er war schuld daran, dass sie jetzt so wütend war.

Nadine stand noch immer vor ihm. Nun aber wendete sie sich ab, ehe er seine Gedanken in Worte fassen konnte.

»Nadine«, sagte er und griff nach ihrem Arm. »Du hast mit allem recht. Es ist, wie du sagst. Ich hätte dir eher sagen müssen, dass ich mir keine Familie mit dir vorgestellt habe, den Gedanken habe ich einfach nicht gehabt. Als du zum ersten Mal davon angefangen hast, von Familie zu sprechen, hätte ich es sagen müssen. Es war blöd von mir, zu schweigen. Mehr als blöd. Es ist klar, dass du dich fragst, was mit Kindern ist. Wir sind beide über dreißig, ewig lässt sich die Frage nicht rausschieben ...«

Ihm war unwohl, er fühlte sich feige. Vor allem war er feige *gewesen*, die ganze Zeit über. Aber auch jetzt wäre er am liebsten vom Erdboden verschwunden.

»Du sagst es«, antwortete Nadine, kühl und enttäuscht, gekränkt und wütend. »Mach's gut.«

Benjamin ließ sie gehen und fühlte sich abscheulich dabei.

***

Montags war das *Baratta* schon immer geschlossen gewesen. Benjamin saß im Büro und über seiner Buchhaltung. Die nächste Steuererklärung war unausweichlich. Er ging die Einnahmen und Ausgaben durch, berechnete Mietkosten, Lohnkosten und Warenkosten. Die Inflation war plötzlich in die Höhe geschossen, Strom, Gas, Lebensmittel auf einen Schlag deutlich teurer geworden, ohne dass er die gestiegenen Kosten über die Preise hereinholen konnte, denn irgendwo gab es eine Grenze dafür, was ein Gericht kosten durfte, egal, wie hoch der Aufwand war. Schließlich muss man nicht essen gehen, und die meisten Leute hatten plötzlich weniger im Portemonnaie. Wenn er es wirklich realistisch betrachtete und die rosarote Brille absetzte, war sein Traum vom eigenen kleinen, feinen Restaurant geplatzt. Und tatsächlich war er, enttäuscht und wütend, fast so weit, sich das einzugestehen. Dabei hatte von Anfang an alles gestimmt – und stimmte irgendwie immer noch, wenn man das Schicksal, nämlich die Unberechenbarkeit der äußeren Umstände, abzog.

Er hatte schon als Kind Koch werden wollen, und seine Eltern, die sich eher ein Studium für ihn vorgestellt hatten, waren schließlich einverstanden, denn der Apfel fiel sozusagen zurück zum Stamm. Es waren die Zuckerbäcker, die den Wohlstand der Familie Baratta begründet hatten. Die jungen Männer der Familie, die aus dem Bündnerland stammte, waren zu Beginn und in der Mitte des neunzehnten Jahrhunderts ausgewandert, um mit dem traditionellen Beruf der Zuckerbäckerei im Ausland ihr Glück zu machen. Sie erlernten, wie viele andere Bündner jener Zeit, den Beruf im Ausland und gründeten bald Kaffeehäuser und Konditoreien in der ganzen Welt, brannten Liköre und betrieben Weinhandel. Die Bündner Zuckerbäcker, sie waren in allen Metropolen Europas zu finden – von Triest, Madrid oder Paris bis Berlin, Stockholm, St. Petersburg, Moskau und Odessa. Die Barattas waren hauptsächlich nach Norden und Osten, bis nach Odessa ausgewandert. Mit dem Vermögen, das sie in der Fremde verdient hatten, hatten sie sich später in Chur, in der Hauptstadt Bündens, niedergelassen und bald andere Berufe ergriffen.

Doch Benjamin hatte schon als Junge davon geträumt, einmal das beste Essen der Welt zu kochen. »Ja, natürlich wirst du das!«, hatte seine Mutter gesagt und ihm liebevoll über den Kopf gestreichelt, wenn er auf dem Küchenstuhl stand, ein Handtuch als Schürze umgebunden, und mit seinen Patschhänden Zwetschgen auf dem Kuchenteig verteilte. Die Eltern hatten aber darauf bestanden, dass er nicht nur eine Kochlehre machte, sondern die Hotelfachschule besuchte, eine möglichst gute, um alles rund um die Gastronomie erlernen und eines Tages auch als Kaufmann erfolgreich sein zu können.

Seit ein paar Jahren führte Benjamin jetzt sein eigenes Lokal in Zürich, und von Anfang an war das *Baratta* auch erfolgreich gewesen. Das Restaurant war nicht groß, aber ein *place to be*, dabei ungezwungen und nicht überkandidelt – ein gemütlicher Ort, wo man hervorragend essen konnte. Für seine köstlichen Desserts war das *Baratta* mit seinem verschlungenen BB von Anfang an berühmt gewesen.

Aber dann war die Pandemie gekommen. Benjamin musste längere Zeit schließen, aber auch als er unter Auflagen wieder aufmachen konnte, deckten die Einnahmen nicht einmal mehr die Fixkosten. Er hatte finanzielle staatliche Unterstützung bekommen und seine Angestellten in Kurzarbeit schicken können, aber die Gäste waren weniger geworden, es gab Tage, da waren alle Mitarbeiter da, nur kein Gast. Der Wareneinkauf wurde zum finanziellen Risiko, es fehlte an Fachkräften, was die paar Leute, die er noch hatte, mitstemmen mussten. Das Team bröckelte, und das immer schneller, seit der überlastete Koch, der noch verblieben war, täglich lauthals und wütend mit dem Gedanken spielte, seine Schürze an den Haken zu hängen. Die Hilfskräfte in der Küche blieben, aber die konnten kein *mise en place* machen, und wie ein Teller angerichtet war, machte leider einen der feinen Unterschiede aus. Und nachdem Martin sich geweigert hatte, den üblichen Zwölf- bis Sechzehnstundentag des Chef de Service auch nur einen Tag länger mitzumachen, und die Kündigungsfrist mit seinen Überstunden kompensierte, hatte Ben das *Baratta* erst einmal geschlossen.

Ein, zwei Wochen lang hatte er noch versucht, überall gleichzeitig zu sein, um dafür zu sorgen, dass der Betrieb nicht zusammenbrach, die Wartezeiten zwischen den Gängen nicht zu lang, die Teller nicht lauwarm serviert, dass auch wirklich Wein nachgeschenkt und weitere Wünsche aufgenommen wurden. Aber man kann nicht gleichzeitig begrüßen, Bestellungen aufnehmen, mitkochen, anrichten, servieren, nachschenken und abkassieren. Es gab unzufriedene

Gäste, Anpöbeleien. Und als er eines Nachts Kasse gemacht, den Abfall entsorgt, die Tische neu eingedeckt und die Küche eigenhändig blitzblank geputzt hatte, schloss er die Tür des *Baratta* hinter sich und wusste, er musste Pause machen, eine längere Pause, und nachdenken.

Nichts war mehr so wie früher, wie damals, als sich voller Stolz die Türen des *Baratta* zum ersten Mal geöffnet hatten.

Er überlegte lange, ob er das Telefon abnehmen sollte. So lange, bis die aufmunternde Melodie abbrach. Seine Mutter! Auch das noch. Er hatte sich ewig nicht zu Hause gemeldet, und er wusste gar nicht mehr, wann er seine Eltern das letzte Mal besucht hatte. Peinlich. Und außerdem hatte er nicht die geringste Lust, sich über die augenblickliche Situation auszulassen. Seine Mutter würde sofort wissen, dass etwas nicht stimmte, das hörte sie über hundert Kilometer Entfernung an seiner Stimme. Trotzdem ... vielleicht war ja was passiert. Er stürzte ein Glas Leitungswasser hinunter und rief zurück.

»Hallo, Mama«, sagte er, unfreundlicher als beabsichtigt, »was ist los? Du hast angerufen.«

»Ja«, sagte sie. »Störe ich dich gerade?«

»Schon gut. Was war denn?«

»Benjamin, ich wollte dich dran erinnern, dass Papa am Samstag Geburtstag hat. Ich weiß, dass Samstag für dich ganz ungünstig ist, aber wir haben dich so lange nicht gesehen, da haben wir uns gedacht, wir feiern einfach am Montag. Könntest du denn am Montag kommen?«

Durch Benjamins Kopf ratterten die Gedanken. Die Eltern wussten nicht, dass er den Laden hatte dichtmachen müssen, und er dachte nicht daran, das seiner Mutter jetzt am Telefon beizubringen. Also beließ er es besser bei dem vorgeschlagenen Montag, obwohl er am Wochenende Zeit hatte.

»Hm«, machte er zögernd.

»Wir wissen ja, wie es bei dir so geht«, sagte seine Mutter vorsichtig, »aber Papa würde sich wirklich sehr freuen. Er würde auch am Montag die Praxis schließen, ausnahmsweise ...«

»Ist ja gut, Mama, ich komme. Okay?«

»Schön«, sagte sie, »wir freuen uns auf dich. Bringst du Nadine mit?«

»Nein«, entgegnete Benjamin. »Nein. Ich komme allein.«

Und er beendete schnell das Gespräch, als seine Mutter Luft holte, um nach dem Warum zu fragen.

5

Sina hatte recht. Leonie konnte den Kopf nicht länger in den Sand stecken. Die Sache mit der Wohnung wurde langsam eilig. Brandeilig. Leider lösen sich die meisten Probleme eben doch nicht von allein, zum Beispiel durch Aussitzen, und schon gar nicht in Leonies Fall. Ganz im Gegenteil, denn sie musste aus der Wohnung raus, mitsamt dem Sofa, auf dem sie das Problem gern ausgesessen hätte.

So entzückend die Wohnungen waren, der Hausbesitzer hatte seit Jahrzehnten nichts renoviert, der Standard entsprach in keiner Weise mehr der inzwischen üblichen Ausstattung, aber dafür war er mit moderaten Mieten zufrieden gewesen. Im Januar aber hatte er die glücklichen Mieterinnen und Mieter mit einem Brief aufgeschreckt, in dem er ankündigte, dass er das Haus eventuell verkaufen und ihnen rechtzeitig Gelegenheit geben wolle, sich nach einer anderen Wohnung umzusehen.

Das hatte für große Aufregung im Haus gesorgt, eine Aufregung, die sich aber wieder gelegt hatte, da schließlich nur von einer *eventuellen* Möglichkeit die Rede war. Alle hatten die Nachricht mit gleicher Entschlossenheit verdrängt, weil das Übel, das drohte – Entkernung, Kündigung, Mieterhöhung – einfach zu fürchterlich war.

Seit Januar lag der Brief ganz unten im Stapel von allerlei Papierkram auf Leos kleinem Schreibtisch im Schlafzimmer. Im März war dann ein förmlicher Brief mit der trockenen Nachricht eingetroffen, das Haus sei verkauft. Zwei Architekten hatten es erworben, und mit ihrem Schreiben setzten sie die Mieter von den neuen Besitzverhältnissen in Kenntnis. Keine weiteren Angaben.

Die aufgescheuchten Bewohner hatten sich sofort bei Frau Häusermann im Parterre versammelt.

»Neue Besitzer können nicht sofort kündigen«, argumentierte Herr Stucki, »aber ihr werdet sehen, mit dem Tag, an dem es rechtlich möglich ist, haben wir auch die Kündigung im Haus.«

Er behielt recht, obwohl er als Kassandra verschrien war und man ihm lieber nicht hätte glauben wollen. Die Kündigung *war* gekommen. Mit den üblichen drei Monaten Kündigungsfrist wäre sie auf den 30. Juni gültig gewesen, aber man kündige, so hieß es, erst auf Ende Oktober. Dann sollten die umfänglichen Renovationsarbeiten beginnen.

»Die wissen genau, dass die langjährigen Mieter auf Erstreckung klagen können! Das wollen sie verhindern«, sagte Frau Studer.

»Schwierig, schwierig mit den Erstreckungsklagen«, wusste Frau Häusermann. »Zürich hat das für Mieter schlechteste Mietrecht der Schweiz …«

»Den Mietern, die mehr als fünfundzwanzig Jahre im Haus wohnen, wird eine Summe in Aussicht gestellt«, meldete sich Herr Stucki wieder zu Wort. »Drei Monatsmieten.«

»Mehr ist nicht rauszuholen«, sagte Frau Häusermann resigniert. »Tja, dann machen wir uns mal auf die Suche.«

Man sah den Gesichtern an, dass das keine erfreuliche Angelegenheit werden würde. In Zukunft würde man natürlich auf eine so fantastische Lage verzichten müssen und, klar, auch auf die Dachterrasse, die sie gemeinschaftlich nutzen konnten, mit Blick auf Altstadt und See.

»Himmel noch mal, jetzt haben wir es mit Ach und Krach auf der Warteliste nach oben geschafft und einen Kitaplatz hier im Kreis 1 in Aussicht«, fluchte Frau Dr. Eichholzer. Sie war Ärztin, und der Weg zu ihrem Arbeitsplatz am Universitätsspital war, abgesehen vom erhofften Kitaplatz, von hier aus einfach genial praktisch. Es wäre grauenhaft, wenn in Zukunft noch die Fahrt von den Stadträndern in ihrem ohnehin schon extrem getakteten Zeitplan untergebracht werden müsste. Und überhaupt, sie war ein Stadtkind, sie wollte nun mal im Zentrum wohnen.

Im Stock darüber schenkte sich der alte Felix Breitenstein einen Pflümli ein. Nach vierzig Jahren in diesem Haus war nun wohl die Zeit fürs Altersheim gekommen. Eine grauenhafte Vorstellung. Fast sein ganzes Erwachsenenleben hatte er hier gewohnt, mit seiner Frau Martha, die letztes Jahr gestorben war. Sie waren beide Zürcher Urgestein, sozusagen Altstadt-Mobiliar – aus der *Bauernschänke* oder dem *Isebähnli* waren sie nicht wegzudenken gewesen. Nun gut, diese Kneipen waren auch nicht mehr, was sie mal waren, da verkehrten jetzt ganz anders gestrickte und betuchte Leute, und der *Eckstein* und das *Select* waren schon lange verschwunden. Aber im Altersheim wollte er nun überhaupt nicht enden. Einen Platz würde er wahrscheinlich sogar finden, keiner wollte ja dahin, alle versuchten, so lange wie möglich in ihrer angestammten oder einer altersgerechten Wohnung selbstständig zu bleiben. Aber mit den erschwinglichen Alterswohnungen der Stadt Zürich war ja nichts mehr, die Liste wurde immer länger, da standen viele schon acht, neun oder zehn Jahre drauf, und darum sollte die Liste nun einfach abgeschafft werden und fertig. Sollten die alten Bürger der Stadt Zürich doch schauen, wo sie blieben. Da brauchte er noch einen Pflümli, einen kleinen wenigstens.

Geldwäsche, sagte er vor sich hin, Geldwäsche und Zustände wie in London. Aber weg aus Zürich, das kam für ihn nicht in Frage, nach einem so langen Leben an diesem Ort. Die Stadt hatte sich mächtig verändert, aber das Bellevue mit dem *Odeon*, das Central mit dem *Café Schurter*, den Paradeplatz mit dem *Sprüngli*, das gab's ja alles noch, und anpassungsfähig war er ja schon. Aber das Altersheim ... das war die Endstation, mit all den Beschäftigungsprogrammen, Tanzabenden für Alte und Nikolausbesuchen. Nein, das ging zu weit.

Janine Studer wiederum hatte die Wohnung im zweiten Stock übernommen, als ihre Mutter starb. Sie und ihr Mann hatten also in Hinsicht auf die Wohnung ähnliches Glück gehabt wie Leonie, sie hatten ohne großes Bewerbungstrara einziehen können und damit das große Los gezogen. Jetzt aber fürchteten die beiden, Zürich verlassen zu müssen. Reto war Polizist, Janine arbeitete in der Altenpflege, eine teure, sanierte Altstadtwohnung konnten sie sich nicht leisten, und eine Neubauwohnung in der Stadt ebenso wenig.

***

Leonie hatte sich das alles schweigend angehört und war dann in den Totstellreflex gefallen. Altes evolutionäres Muster. Sie tat – gar nichts. Und der heiße Sommer hatte ihr dabei geholfen.

Aber jetzt war der September da mit seinem milder werdenden Licht. Die Badeanstalten an See und Limmat schlossen, am Morgen griff Leonie nach einer Jacke, auch wenn es am Mittag noch warm genug wurde, um draußen auf der Bank vor Bruno Cantienis Werkstatt oder am See ein Sandwich zu essen.

Es half nichts: Um die Wohnungsfrage musste sie sich jetzt wirklich kümmern.

6

Ist die Meyer-Geige eigentlich fertig?«, fragte Bruno. »Hat Niels sie schon abgeholt? Ich habe ihn gar nicht mehr hier gesehen!«

Er saß in seinem alten Sessel und sah blass aus. Merkwürdig, dachte Leonie. In diesem Sommer hatte doch wirklich jeder Farbe angenommen.

»Oder hab ich das vergessen, dass er sie abgeholt hat? Ein netter junger Mann. Und so begabt. Ich kenne wenige, die so früh eine Stelle in der Philharmonie bekommen haben ...«

»Wahrscheinlich ist er deshalb auch nicht wenig von sich eingenommen«, sagte Leonie. »Aber die Geige ist fertig. Ich hab sie ihm neulich in die Stadt mitgenommen, deshalb hast du ihn hier nicht mehr gesehen.«

»Ach so. Ja ...« Bruno nickte. »Er kommt immer zu dir mit seinen Anliegen. Man könnte fast eifersüchtig werden. Aber recht hat er. Wenn ich jung wäre, würde ich das an seiner Stelle auch tun.«

»Geht es dir gut, Bruno?«, fragte Leonie, ein bisschen besorgt.

»Ja, natürlich! Was denkst du denn! Aber man hat manchmal so seine Kümmernisse mit den Kindern.

Weißt du, Fabio ist so anders als ich und als meine Frau war. Immer hinter dem Geld her. Und der Sommer war einfach zu heiß für so einen alten Mann wie mich. Dabei mochte ich den Sommer immer so gern ... Aber nun mach dir bloß keine Gedanken! Am Wochenende kommt mich meine Tochter besuchen. Sie lebt in Genf ... Du erinnerst mich manchmal an sie. Man soll ja kein Lieblingskind haben, aber Marisa ist mir immer näher gewesen als Fabio ... Ich muss dich mal einladen, wenn sie hier ist ...«

Leo lächelte. Sie vergaß immer wieder, dass Bruno weit über siebzig war. Er hatte sie schon damals, als sie mit der Ausbildung begann, nicht mehr als Lehrtochter nehmen wollen, die Zeiten, wo er junge Leute ausbildete, seien vorbei, hatte er gemeint, und dass er sich nicht mehr über mehrere Jahre binden wolle, denn die Geigenbaulehre sei lang und anspruchsvoll. Und dann hatte er sie doch ins Atelier genommen. Sie hatte einfach nicht lockergelassen, und ihre Geigenlehrerin hatte wohl ein sehr gutes Wort für sie eingelegt. »Hab ich die Lehrstelle eigentlich Frau Balmer zu verdanken?«, hatte sie ihn einmal gefragt, aber er hatte nur gelächelt.

»Gern«, sagte Leo, »ich komme gern mal, wenn deine Tochter da ist. Aber dieses Wochenende kann ich nicht. Da bin ich weg. Aber sag, was ganz anderes. Hast du eigentlich noch Kontakt zu Frau Balmer?

Frau Balmer, die so lange meine Geigenlehrerin war?«

Bruno schüttelte den Kopf. »Nein«, sagte er. »Lange nichts gehört. Ich glaube, sie lebt nicht mehr in Zürich. Wieso fragst du?«

»Ach, einfach so. Ich hab sie auch schon ewig nicht mehr gesehen. Ich muss los. Ich wünsche dir ein schönes Wochenende mit deiner Tochter«, sagte Leo. »Wir sehen uns am Montag. Bis dann!«

***

Niels lebte nicht in Zürich, und bisher hatten er und Leonie sich immer in der Stadt getroffen, im Schwimmbad, in einer Bar oder zum Essen in einem Gartenlokal. Leo hatte keine Anstalten gemacht, ihn zu sich nach Hause einzuladen, aber einmal waren sie im Hotel gelandet, und Leo musste zugeben, dass die Nacht in jeder Hinsicht ziemlich heiß gewesen war. Und jetzt hatte er sie zu sich nach Hause eingeladen.

»Ich würde dir gern mal meine Geigensammlung zeigen«, grinste er. »Wie wär's am Wochenende? Hast du Lust? Ich hol dich am Bahnhof in Baden ab. Samstag?«

Er wohnte in Baden, einer kleinen Stadt, nicht mehr als zwanzig Minuten mit der Bahn von Zürich entfernt. Die Wohnung bestand hauptsächlich aus einem riesigen Futon und wenigen Designermöbeln, die den Loftcharakter der Wohnung unterstrichen.

Die Küche war topmodern, aber der Kühlschrank war bis auf Weißwein, Kaffeesahne und Crackers leer. Neben dem Schlaf- und Wohnzimmer gab es einen kleineren Raum, der offensichtlich Niels' Musikzimmer war. Viel Notenliteratur, Bücher, Notenständer, Klavier und seine Geigen, sorgfältig aufbewahrt, ein Schreibtisch und ein bequemer Sessel.

»Du lebst hauptsächlich hier in deinem Musikzimmer, nehme ich an«, sagte Leonie, ein bisschen eingeschüchtert von dem schicken New-York-Appeal.

Niels lachte und strich sich die blonden Haare aus der Stirn. »Ich benutze aber schon auch mein Schlafzimmer«, sagte er. »Und das am liebsten zu zweit.«

»Und wolltest du mir nicht auch was kochen?«

»Ach!« Er machte eine wegwerfende Handbewegung. »Ich dachte, die Zeit können wir besser verbringen. Ich hab was bestellt. Das kann ich nachher im Kimono in Empfang nehmen. Ich hoffe, du magst Sushi.«

Er zog sie in seine Arme und begann sie auszuziehen, langsam und sorgfältig, als käme ein Anziehen frühestens am Sonntagabend wieder in Frage.

***

Eigentlich hätte sie mit Niels auch gern über ihr Problem mit der Wohnung gesprochen. Aber sie war nicht weit gekommen. Seit dem Gastspiel seines Orchesters in Japan war er fasziniert von dem Land, das gleichzeitig so traditionell-konservativ und hypermodern war. Es war wirklich interessant, was er erzählte, und nicht ganz leicht, das Thema zu wechseln.

Irgendwann gelang es ihr, das Gespräch auf seine Wohnung zu bringen.

»Wie bist du eigentlich an die Wohnung hier gekommen? Die ist wirklich schön. Wahrscheinlich nicht billig, oder? Ich muss raus aus meiner Wohnung, weißt du. Ich hab fast mein ganzes Leben in Zürich gewohnt, und ich kann mir irgendwie nicht vorstellen, woanders hinzuziehen. Die Stadt ist mein Leben, da sind meine Freunde, meine Arbeit, meine Eltern. Da bin ich einfach zu Hause ... Aber find mal in Zürich eine Wohnung! Das ist wie Goldnuggets in der Limmat suchen. Also, suchen kann man schon, aber finden nicht. Geht ja auch immer wieder mal durch die Presse ... Aber wem erzähle ich das! Du hast offenbar Glück gehabt. Baden, das könnte ich mir noch vorstellen ... das ist gut angebunden ...«

Niels schüttelte den Kopf. »Wohnungen sind hier inzwischen fast so teuer und gesucht wie in Zürich, eben weil die Verkehrsanbindung gut ist. Da musst du schon richtig raus aufs Land, wenn du was Günstigeres suchst. Diese Wohnung hier hab ich über meinen Vater gekriegt. Der Besitzer ist ein Freund der Familie, und dessen eigener Sohn ist grad in den USA. Zwischenlösung für ein, zwei Jahre.«

Aber dann wollte er sich lieber wieder den angenehmeren Dingen zuwenden und zog sie auf den Futon zurück.

7

Benjamin musste nur die Bahnhofstraße und die Poststraße hochgehen, bis er zum Martinsplatz kam. In der reformierten Martinskirche war er konfirmiert worden, ganz in der Nähe lebten seine Eltern, hier war er aufgewachsen. Eigentlich war es gar nicht so weit von Zürich nach Chur ...

Die Familie war schon versammelt. Die Eltern strahlten. Es rührte Benjamin zu sehen, dass sein Vater richtig aufgeregt war, glücklich wie ein Kind, das Geburtstag feiert. Und doch war nicht zu übersehen, dass er älter geworden war. Benjamins Schwester Anne mit ihrem Mann Markus war da und Vaters ältere Schwester Alice, die, seit sie verwitwet war, in Bergün lebte. Und natürlich war da der Großvater Nicolas, der nicht mehr gut hörte. Er saß freundlich lächelnd in seinem Sessel, geistesabwesend, weil er im Durcheinander der verschiedenen Stimmen, die er nicht mehr unterscheiden und darum auch nicht verstehen konnte, buchstäblich verloren war. Und selbst Adrian, Benjamins bester Freund aus Jugendzeiten, war gekommen – echt nett von seiner Mutter, ihn einzuladen –, die beiden sahen sich ja kaum noch.

Nadine erwähnte die Mutter mit keinem Wort, aber außer ihr und Adrian, mit dem Ben, selten genug, telefonierte, wusste sowieso niemand irgendwas über seine Liebesangelegenheiten, außer dass er noch immer nicht verheiratet war. Offensichtlich hatte sich daran nichts geändert, obwohl Ben auffallend gut aussah, ein typischer Bündner mit dunklen Augen, dunklem Haar, bräunlichem Teint und markanten Zügen. Groß und gut gewachsen war er, sportlich und von Kindesbeinen an ein guter Skifahrer.

»Bleibst du über Nacht?«, fragte seine Mutter vor dem Abendessen. »Wahrscheinlich musst du ja zurück, schon klar ...«

»Du, das wäre super, wenn du bleiben könntest«, mischte sich Adrian ein. »Du könntest bei mir übernachten, Seraina und die Kinder sind bei ihren Eltern, ich hätte Platz und Zeit und ...«

»Gute Idee«, sagte Ben zur Überraschung aller, und Adrian schlug ihm auf die Schulter, als hätte Ben grade eine Meisterleistung vollbracht.

»Ja kannst du das denn? Hast du so viel Zeit? Großartig«, sagte sein Vater. »Dann sehen wir dich ja vielleicht sogar morgen noch mal ...«

Ben erklärte sich nicht weiter, nicht, wenn da alle zusammensitzen, dachte er. Wie es aussieht mit dem *Baratta*, das kann ich den Eltern auch ein andermal erklären.

***

»Und du?«, fragte Adrian nach, als die beiden bei ihm zu Hause saßen und Benjamin so gar nichts von sich erzählte und mit seinen Fragen immer wieder von sich selbst abzulenken versuchte.

»Ich weiß gar nicht, womit ich anfangen soll«, gab Benjamin endlich zu. »Ich hab das Gefühl, mein ganzes Leben steht auf dem Prüfstand, und mir fehlt die zündende Idee, um irgendetwas zu ändern ... und außerdem, so ist das in meinem Beruf, bin ich bisher gar nicht groß zum Nachdenken gekommen. Wenn die eine Saison zu Ende geht, muss man sich sofort um die nächste kümmern, und immer so weiter bis zur Wildsaison im Herbst, und dann fängt es schon an mit den Weihnachtsessen ...«

Er unterbrach sich, merkte, dass er stundenlang über seinen Alltag hätte sprechen können, ohne das eigentliche Problem zu berühren, und gab sich einen Ruck. »Die Wahrheit ist: Ich bin mir ein Stück weit abhandengekommen. Was will ich eigentlich vom Leben? Ich weiß es nicht. Es geht mir nicht gut«, sagte er stockend und fuhr schließlich fort, »du hast ja bemerkt, dass ich ohne Nadine da bin ...«

Und dann erzählte er und hörte gar nicht mehr auf.

***

»Der Großvater freut sich riesig, dass du dir noch ein bisschen Zeit für ihn nimmst«, empfing ihn seine Mutter am nächsten Vormittag. »Er hat die ganze Nacht herumgekramt, ich glaub, er will dir irgendwelche Unterlagen geben. Keine Ahnung was – du weißt ja, wie streng er seine Kommode, den Aktenschrank und seinen Sekretär hütet, da dürfen wir alle nicht dran und Ordnung machen sowieso nicht.« Sie legte den Finger an den Mund, als wolle sie ihn bitten, darüber Stillschweigen zu bewahren.

»Schön, dass wir uns sehen, mein Junge«, sagte der alte Nicolas kurz darauf und ließ sich von seinem Enkel auf die Wange küssen. »Und, was treibst du so? Hält sich das *Baratta*?«

Benjamin versuchte ehrlich zu sein. Ja, das *Baratta* habe sich bis jetzt gehalten, aber er sei nicht sicher, ob das auf Dauer auch so bleiben werde.

»Das hängt von vielen Faktoren ab, die ich nur teilweise oder auch gar nicht beeinflussen kann. Und ehrlich gesagt, bin ich auch an einem Punkt angekommen, wo ich mich fragen muss, wie es mit mir weitergehen soll.«

Der Großvater, der die Hand manchmal ans Ohr legte, im Gespräch zu zweit dank der Hörgeräte aber sehr gut hörte, nickte bedächtig.

»Ich bin mein Leben lang Kaufmann gewesen, nicht Gastronom, aber ganz so verschieden können deine

Probleme nicht von denen sein, mit denen ich mich herumschlagen musste. Ich habe gelernt, mit Geld umzugehen, Investitionen zu planen, Risiken auf mich zu nehmen, aber auch, wenn notwendig, Vorsicht walten zu lassen. Ich denke, das hast du auch gelernt. Wenn es nur darum geht, dass du in einer schwierigen äußeren Situation eine Finanzspritze brauchst, kann ich dir helfen, wenn deine Pläne mir einleuchten. Meine Vermögenslage sieht nicht so schlecht aus. Aber hole uns doch noch einen Kaffee«, sagte er, »ich habe nämlich etwas herausgesucht, was ich dir gern zeigen möchte. Irgendetwas plagt dich doch, und ich denke, was ich dir heute mitgeben will, könnte dir guttun.«

Benjamin bewunderte das dramatische Talent des Großvaters, der Spaß daran hatte, ihn ordentlich auf die Folter zu spannen, ehe er die Katze aus dem Sack ließ.

Benjamin holte den gewünschten Kaffee, seine Mutter gab ihm gleich noch etwas vom Geburtstagskuchen mit, und nachdem er die Tasse für Großvater neben dessen Lehnsessel auf dem Beistelltischchen mit den zart geschwungenen Beinen abgestellt hatte, setzte er sich erwartungsvoll auf das Plüschsofa, das noch aus Biedermeierzeiten stammte, aber tadellos in Samt wieder aufgepolstert worden war.

Benjamin liebte die alten Möbel, die noch von den Baratta-Vorfahren stammten und die seiner Mutter zu altmodisch und zu unpraktisch gewesen waren. Beim Großvater hatten sie einen würdigen Ort gefunden, ebenso wie der alte Spiegel mit dem verschnörkelten Goldrahmen, die alte Standuhr und die schweren Bücherregale, die wahre Schätze bewahrten.

»Bring mir doch einmal diesen Karton dort«, sagte der Alte und deutete auf eine mit Stoff bezogene Kiste, die offensichtlich einige Jahre auf dem Buckel hatte und schon sehr lange nicht mehr abgestaubt worden war.

Geduldig folgte Benjamin den Anweisungen und legte Nicolas den Karton auf die Knie. Der kramte eine Art Tagebuch daraus hervor.

»Ich weiß nicht, wie viel du von unserer Familiengeschichte kennst«, fing er an. »Dein Vater war nicht besonders interessiert daran. Für Lorenz war immer klar, dass er Arzt werden wollte, und die Zukunft hat ihn immer mehr interessiert als die Vergangenheit. Das siehst du ja schon daran«, sagte er mit einer gewissen Missbilligung in der Stimme, »dass die alten Familienmöbel alle bei mir gelandet sind. Lorenz, übrigens auch deine Mutter, hatte immer eine Vorliebe fürs Sachliche. Nur meine Schwester, deine Tante Alice in Bergün, hat ein Herz für die alten Sachen. Das weißt du ja, du warst als Kind oft genug dort in den Ferien.«

Benjamin nickte und wippte, nicht mehr ganz so geduldig, mit dem Fuß.

»Lass das, das irritiert mich!« bemerkte Nicolas streng, kam aber auf sein Thema zurück. »Die alten Barattas waren, anders als die jüngeren, nicht dem Nüchternen zugeneigt, sondern verzierten und verzauberten als Konditoren, Likörbrenner, Marzipanhersteller und Kaffeehausbesitzer den Alltag der Menschen. Obwohl ich nicht Konditor, sondern Kaufmann geworden bin, hat mich das immer fasziniert und begeistert. Lässt sich eine schönere Ahnengeschichte denken als eine von Zuckerwerk umrankte? Und nicht genug, dass sie dem Schönen zugetan waren. Sie hatten Unternehmergeist und den Drang in die Ferne im Blut.« Nicolas unterbrach sich, putzte sich die Nase und nahm seinen Überschwang etwas zurück.

»Nun, es waren nicht nur Unternehmergeist und Reiselust, die die alten Bündner in die Fremde trieben, sondern auch die weit verbreitete Armut in den Bündner Tälern. Nach dem gebräuchlichen Erbrecht erbten alle Söhne zu gleichen Teilen, das verkleinerte den Landbesitz der Bauern immer weiter, für viele Junge reichte das nicht zum Leben. Sie mussten fort, schon in frühester Zeit und in ganz jungen Jahren, verdingten sich als Söldner oder wanderten in andere Länder aus. Die Katholiken wurden eher Söldner, die Reformierten Zuckerbäcker oder andere Gewerbetreibende. Heimweh hatten sie alle, und wer konnte, verbrachte das Alter wieder in der Heimat, zu Hause in den Bergen ...«

Der Alte hing offenbar den Heimwehgedanken seiner Ahnen nach, denn er war verstummt und sah Benjamin gar nicht mehr an. Dabei war er selbst in Chur geboren und würde höchstwahrscheinlich auch dort sterben, ohne je länger von dort weg gewesen zu sein.

Benjamin lächelte. »Und in diesem Heft ...«, wollte er den Großvater wieder auf die Zielgerade zurückbringen.

»In diesem Heft hat mein Vater, dein Urgroßvater Mauro, die Geschichte der Barattas angefangen aufzuschreiben und zu diesem Zweck gesammelt, was er an alten Briefen und Aufzeichnungen, Bildern und Rezepten noch finden konnte. Und ich habe damit weitergemacht, so gut ich konnte.«

Nicolas machte eine wirkungsvolle Pause. Endlich hatte er mal wieder eine Bühne und einen eigenen Auftritt.

»Und weil mein Sohn sich wohl nicht mehr dafür interessieren wird, möchte ich dieses Büchlein dir geben. Du scheinst mir etwas von den alten Barattas geerbt zu haben ...« Er lachte. »Deine Mutter erzählt immer mal wieder, wie du als kleiner Bengel gesagt hast, du wollest das beste Essen der Welt kochen, wenn du erst groß bist. Deine Schwester Anne hat als Sportlehrerin wahrscheinlich weniger mit der Zuckerbäckerei am Hut. Aber du ...«

Er schwieg bedeutungsvoll, und Benjamin lachte laut heraus.

»Alles klar, Großvater«, sagte er, »ich lese deine Aufzeichnungen!«

8

Leonie nahm einen Anlauf und versenkte sich in die Wohnungsangebote im Internet. Viel war da nicht zu finden, und war mal eine Wohnung dabei, die relativ günstig war, war meist nicht einmal mehr ein Besichtigungstermin möglich. Zweimal konnte sie sich in die Schlange einreihen, die portionsweise durch die zu vermietenden Räume geführt wurde, ohne je anschließend irgendeine Antwort auf die eingereichte Bewerbung zu erhalten.

Sie fand auch heraus, dass Genossenschaften und Stiftungen keine Anmeldungen mehr entgegennahmen und keine Listen mehr führten, da der riesigen Nachfrage ein frustrierend minimales Angebot gegenüberstand. Im Gegenteil, viele ältere Siedlungen, auch des städtischen Wohnungsbaus, mussten renoviert und die dortigen Bewohner anderswo untergebracht werden.

Es sah mit der Wohnungssuche ganz genau so aus, wie sie es sich vorgestellt hatte: aussichtslos.

Ihre Laune wurde von Tag zu Tag schlechter. Niels fragte nicht nach, wenn sie sich trafen, und schließlich war er ja tatsächlich nicht für sie verantwortlich, so dass sie das Thema ihm gegenüber nicht mehr anschnitt.

Immerhin hatte sie dank des kurzen Gesprächs mit ihm begriffen, dass sie sich mit dem Gedanken vertraut machen musste, Zürich ganz zu verlassen und einen Umzug in eine andere Stadt oder aufs Land in Betracht zu ziehen.

»Ist alles in Ordnung mit dir?«, fragte Bruno eines Morgens, als sie sich wortkarg an die Arbeit machte und geradezu düster in die Welt guckte.

»Hm«, machte sie.

»Eine sehr kurze Antwort«, fand Bruno. »Geht es etwas genauer? Es kommt mir schon eine ganze Weile so vor, dass du nicht recht konzentriert bist. Aber es macht nicht den Anschein, als ob du vor Verliebtheit nicht schlafen könntest und sehnsüchtigen Tagträumen nachhängst! Darf man nach Niels fragen? Oder lieber nicht?«

Leo sah Bruno überrascht an. Er machte sich also Gedanken über sie. Dabei hatte sie gemeint, sie sei nicht groß anders als sonst auch, wenn sie mit ihm zusammen war.

»Nein, nein, ich sehe Niels immer noch, und es läuft ganz gut mit uns ... so arrogant, wie ich am Anfang gedacht habe, ist er gar nicht. Eigentlich verstehen wir uns ziemlich gut.«

Sie verstummte, aber Bruno gab nicht auf.

»Aber irgendwas beschäftigt dich doch!«

»Ja. Aber was ganz anderes. Bei uns im Haus sind alle auf Ende Oktober gekündigt. Das Haus wird innen total saniert. Und nachher neu vermietet. Und du kannst dir vorstellen, dass alle, die jetzt drin wohnen, nicht die neuen Mieter sein werden. Bis jetzt war die Miete nämlich erschwinglich, weil der Hausbesitzer über Jahre nichts modernisiert hat. Den neuen Mietpreis wird keiner von uns zahlen können. Ich auch nicht.«

»Und jetzt suchst du was Neues?«

»Hm.«

»Ach herrje. Du Arme! Darum deine gedrückte Stimmung! Man liest ja immer wieder, dass es keine bezahlbaren Wohnungen mehr gibt. Und nicht einmal teure. Darum drängt mich Fabio ja auch so, das Haus zu verkaufen. Aber das mach ich nicht, Leonie. Wir bleiben hier drin mit dem Atelier, verlass dich drauf. Das ist mal sicher.«

»Das wäre schön«, seufzte Leonie.

***

Ben holte das Heft mit den Aufzeichnungen seines Großvaters und Urgroßvaters aus seiner Reisetasche und dachte zum ersten Mal in seinem Leben über die Engadiner Zuckerbäcker nach.

Warum um alles in der Welt waren die Bündner damals, im achtzehnten und neunzehnten Jahrhundert, ausgerechnet Zuckerbäcker geworden? In der Schweiz hatten sie jedenfalls keine große Tradition hinterlassen. Klar, es gab gute Schokolade, aber das Kaffeehaus, wie es die Wiener lieben, dachte er, hat doch bei uns gar keine Tradition. Und die Schweizerinnen treffen sich kaum jeden Nachmittag mit ihren Freundinnen zum Kuchenessen in der Konditorei! Wenn man dagegen an die deutschen Sahnetorten dachte! Die fand man hier doch kaum ...

»Die Bündner Zuckerbäcker lernten ihren Beruf ja gar nicht zu Hause«, hatte der Großvater ihm geantwortet, als Ben danach gefragt hatte. »Sie lernten ihn im Ausland. Angefangen hat alles in Venedig. Im Jahr 1630 wütete dort die Pest, ein Drittel der Bevölkerung starb an der Seuche. Die Stadt brauchte Arbeitskräfte, und die jungen Bündner Burschen und auch Mädchen, die die Heimat verlassen mussten, um überleben zu können, waren dort willkommen. Viele von ihnen lernten bei den venezianischen Bäckern ihr Handwerk, sie waren vierzehn, fünfzehn, manchmal erst zwölf Jahre alt und schufteten sich die Seele aus dem Leib. Sie begannen mitten in der Nacht in den Backstuben, in Kellern ohne Tageslicht, die dumpf und feucht waren. Viele der Jungen starben, davon spricht heute keiner mehr, und manche versuchten auf Teufel komm raus, wieder in die Heimat zu gelangen, oft sogar zu Fuß. Aber andere schafften es und machten eigene Läden auf, nachdem sie die Zuckerbäckerei erlernt und einige Jahre als Gegenleistung für Kost und Logis abgedient hatten. Die Bündner waren fleißig, einfallsreich und hielten zusammen, und als Lehrlinge holten sie die Jungen aus ihren Heimatdörfern nach. So entstand eine Tradition. Die meisten gingen einmal im Jahr nach Hause, meist zu Fuß, manchmal, wenn sie es sich leisten konnten, mit der Postkutsche, die Erfolgreichsten mit dem eigenen Fuhrwerk. Zu Hause nannte man sie die ›Schwalben‹, und auf dem Weg zurück nahmen sie dann ihre neuen Bündner Lehrlinge mit.

Ja, sie hielten zusammen! Und sie hatten einen Vorteil vor den venezianischen Bäckern. Als Protestanten war ihnen manches erlaubt, was die katholischen Venezianer nicht durften – zum Beispiel während der Fastenzeit mit Butter backen. Und noch etwas Wichtiges kam hinzu. Die Bündner organisierten sich in Zünften, und diese Zünfte wurden mit der Zeit eine wirtschaftliche Macht. Schließlich waren in Venedig von zweiundvierzig Geschäften achtunddreißig in Bündner Hand!«

»Und dagegen hatten die Venezianer nichts?«, hatte Benjamin ehrlich erstaunt gefragt. Das war wirklich eine faszinierende Geschichte!

»Doch, natürlich hatten die venezianischen Bäcker was dagegen! 1766 wurden die Bündner aus Venedig hinausgeworfen. Die Regierungen von Venedig und Chur zerstritten sich, und die Bündner Zuckerbäcker in Venedig verloren alle Rechte.«

»Ja ... und dann? Offensichtlich hat danach kaum einer seine Konditorei zu Hause in Graubünden aufgemacht ...?«

»Nein«, antwortete der Alte, der beim Erzählen so jung und frisch aussah wie lange nicht mehr, »in ihren heimischen Dörfern ging niemand ins Café. Sie wanderten in alle Richtungen weiter und brachten ihre Zuckerbäckerkunst in die Metropolen und größeren Städte Europas. Insgesamt soll es damals an die zehntausend Bündner Zuckerbäcker in fast tausend Städten gegeben haben.« Nicolas schüttelte den Kopf. Er war selbst immer wieder erstaunt über diese Erfolgsgeschichte, und sein Enkel behielt seinen leisen Zweifel an diesen Zahlen für sich.

»Weißt du, es war nicht nur die Qualität der Waren, natürlich war die wichtig, aber der Erfolg stellte sich auch deshalb ein, weil die Bündner Kaffeehausbetreiber sich an die fremden Sitten anpassten, die fremde Sprache erlernten, beliebte Landesrezepte in ihre Kunst integrierten. Und als Teilhaber holten sie sich ausschließlich andere Bündner ins Boot. Um investieren zu können. Sie blieben vernetzt mit ihren

Landsleuten. So, wie es eigentlich alle Emigranten machen.«

Der alte Nicolas war enttäuscht gewesen, dass Ben irgendwann losmusste. Er war grade so gut in Fahrt. Stundenlang hätte er jetzt noch weitererzählen können! Immerhin hatte Ben das Heft mit den Aufzeichnungen mitgenommen. Und vielleicht würde er es ja lesen ...

Das tat Ben tatsächlich. Und er beschloss, auch seine Tante Alice, die für ihn fast so etwas wie eine zweite Mutter gewesen war, bald einmal in Bergün zu besuchen. Bei ihr hatte er sich immer wie zu Hause gefühlt, in Zürich, wo sie lange gewohnt hatte, wie auch in Bergün. Er hatte ihr am Geburtstag des Vaters einen Besuch versprochen, und diesmal wollte er sein Versprechen halten. Aber vorher wollte er etwas mehr über seine Vorfahren wissen.

9

Die Tage vergingen, der September ging zu Ende, und der Herbst machte sich jetzt immer deutlicher bemerkbar. Es gab schon hier und da neblige Morgenstunden, die Blätter verfärbten sich, und da der Sommer sehr trocken gewesen war, fiel das Laub früh. Wenn man am See entlangspazierte, raschelte es trocken unter den Füssen, hier und da fanden sich aufgeplatzte Kastanien, die in sattem Braun aus ihrem Stachelpanzer hervorglänzten. Die ersten Geruchsschwaden gerösteter Marroni stiegen in die Luft und erzeugten das wehmütige Gefühl, dass die kalte Jahreszeit vor der Tür stand. Abends wurde es deutlich früher dunkel.

Schlechtgelaunt kam Leonie an einem dieser Abende nach Hause. Ihre Freundin Marie hatte sie versetzt. Leo hatte ewig im *Café Odeon* gewartet, den Campari vor sich, der immer bitterer schmeckte, je länger Marie ausblieb und je wärmer das Getränk wurde. Feierabenddrink. So war es verabredet. Die genervten Fragen »Ich bin längst da. Wo bist du?«, »Was ist los? Wo steckst du?«, die Leonie losschickte, blieben unbeantwortet. Wahrscheinlich war Maries Smartphone tief auf dem Boden ihrer Tasche vergraben. Die Bar füllte sich, lange ließ sich die Nische mit den beiden Sesseln nicht mehr halten, wenn die Leute weiter hereindrückten.

Außerdem bekam sie langsam Hunger. Hier was essen? So allein? Während die anderen Gäste um sie herumstanden, auf ihren Teller starrten und darauf warteten, dass der Platz frei wurde? Dann lieber zu Hause die Reste von gestern warm machen. Von Marie weiter keine Spur. Also zahlen.

Leonie ging durch die abendlich belebte Altstadt, Lachen und helle Stimmen brachen sich in den engen Gassen, und sie fühlte sich plötzlich von aller Welt im Stich gelassen.

***

Im selben Moment, als ihr diverse Reklameblättchen und ein Brief aus dem Briefkasten entgegenfielen, machte es *Pling*. Wo war das Handy? Manteltasche. Und der Brief? Da unten auf dem Boden. Genau zwischen den Kinderwagen und den E-Scooter von Eichholzers gefallen. Leo versuchte, den Brief mit der Fußspitze zu erreichen und zu sich her zu bugsieren. Ohne Erfolg.

Der Flur war eng. Mittelalter halt. Ein Wunder, wie Eichholzers den Kinderwagen *und* das blöde Trottinette da hatten parken können. Das Handy hatte sich inzwischen wieder versperrt. Touch. Nachricht von Marie.

»Du, hab's voll vergessen, sorry! Melde mich später« leuchtete es vom Display. Drei Küsschen.

Was war da noch Gutes von dem Brief zu erwarten, den Leonie nun hervorangelte und misstrauisch betrachtete. Mit einem kleinen Fluch stieg sie die Treppen hoch, jaja, sie waren eng und steil, öffnete die Tür, warf alles von sich – Tasche, Smartphone, Mantel, Schuhe – und fiel aufs Sofa. Nein, nicht gut ... nie einen solchen, nichts Gutes verheißenden Brief auf leeren Magen lesen! Erst was essen! Im Kühlschrank fanden sich zwei Pellkartoffeln, ein angebissener Landjäger (trotz ihrer Bemühungen, ganz auf vegetarisch umzustellen), Zwiebeln und Eier.

Leonie, deren Wut auf Marie wieder aufwallte und noch anschwoll, als ein Teil der gehackten Zwiebel nicht in der Pfanne, sondern daneben landete, weil sie gleichzeitig das Fenster öffnen wollte, warf die in Scheiben geschnittenen Kartoffeln und die Landjägerscheibchen dazu, wartete, schlug ein Ei drüber und musste plötzlich lachen. Ein grimmiges Lachen, aber immerhin. Was ist besser, dachte sie, während sie angespannt die Tortilla aß, hungrig mit knurrendem Magen eine höchstwahrscheinlich unangenehme Nachricht entgegennehmen (den Schlag in die leere

Magengrube) oder über den möglichen Inhalt der Nachricht grübeln? Sie entschied sich für den Mittelweg. Schob den halbleeren Teller weg und öffnete den Brief.

Er stammte, wie sie schon dem Umschlag entnommen hatte, von den neuen Hausbesitzern. Sie teilten mit, worüber sie schon einmal informiert hatten: dass eine gründliche Aufnahme des baulichen Zustandes des Hauses Trittligasse überraschend weitere große Mängel zum Vorschein gebracht habe. (Wie verborgen waren diese Mängel denn, dass man sie bei den Kaufüberlegungen nicht entdeckt hatte?) Vor allem die Heizung müsse sofort ersetzt werden. Außerdem sei ein Ersetzen aus energiepolitischen Erwägungen sinnvoll und aufgrund von Subventionsmöglichkeiten baldmöglichst angezeigt. Küchen und Bäder stammten noch aus den fünfziger Jahren und genügten den baupolizeilichen Anforderungen nicht mehr. (Wissen wir, wissen wir doch schon längst!) Zudem sei daran gedacht, die alten Holzbohlen durch ein neues, hochwertiges Parkett zu ersetzen. (Was geht uns das noch an?) Diese Renovationsarbeiten stünden schon lange an und seien vom Vorbesitzer in sträflicher Weise immer wieder hinausgeschoben worden. Nun lasse sich aber nichts mehr aufschieben, wenn die Sicherheitsvorschriften künftig eingehalten werden sollten. Der Beginn der Arbeiten sei nun definitiv auf Ende

November festgelegt und so bestätigt. Bis Mitte November seien alle Wohnungen zu räumen. (Aha, das war die Botschaft! Der genaue Termin!) Eine weitere Erstreckung des Mietverhältnisses sei nicht möglich, da die sicherheitstechnischen Notwendigkeiten nicht länger zurückstellbar seien.

Leonie stöhnte. Mitte November! In gut sechs Wochen. Das war ja praktisch morgen!

Tränen schossen ihr in die Augen. Sie ärgerte sich darüber, war aber machtlos dagegen. Erst fielen ein paar Tropfen auf den Brief, dann flossen die Tränen ungebremst, und ein Gefühl plötzlicher Verzweiflung senkte sich auf ihr Herz. Das Leugnen der Situation, das unergiebige Grübeln hatte kostbare Zeit gekostet. Es musste etwas geschehen. Und zwar schleunigst. Umzugsfirma anfragen, Storage klären, Kostenvoranschläge für die Containerlagerung verlangen, Kisten bestellen und packen, möbliertes Zimmer suchen ... Oder sollte sie zu den Eltern? Nur vorübergehend? Nein, lieber nicht. Sie ignorierte das *Pling, Pling*, mit dem das Smartphone sich einmischte, und weinte hemmungslos in das rote Plüschkissen, das ihr gerade am nächsten lag.

Nach diesem Kissen zu greifen war keine gute Idee, denn es rührte einen alten Schmerz wieder auf. Es erinnerte sie daran, wie sehr ihr in solchen Situationen die Umarmung des Mannes fehlte, den sie, sehr jung und verliebt, für den Mann ihres Lebens gehalten hatte und der ihr einst in romantisch verliebter Laune das Kissen geschenkt hatte.

Als das Telefon klingelte, nahm sie ab, ohne auf das Display zu achten und ohne sich zu melden. Es war Marie.

»Hej! Ich hab versucht, dich zu erreichen! Sorry wegen vorhin. Wirklich! Ich wollte mich ja auch entschuldigen.«

Leonie erwiderte nichts.

»Was ist denn los? Das ist dir doch auch schon mal passiert, dass du was glatt vergessen hast!«

»Ja«, sagte Leo. Das klang distanziert.

»Nun komm schon«, meinte Marie, »lass uns morgen Vormittag brunchen gehen. So ein nettes spätes Frühstück im *Terrasse* oder *Metropol*, und dann machen wir einen Samstagsbummel durch die Stadt. Ein bisschen shoppen. Ich wollte mal nach Schuhen gucken. Und dann gönnen wir uns einen Prosecco und ich erzähle dir, warum ich unsere Abmachung vergessen habe.«

Leo schwieg noch immer. Prosecco, shoppen ... das konnte doch nicht alles sein. Die Idee war ihr plötzlich richtig zuwider. Hatten die Menschen keine anderen Sorgen? Aber so war Zürich. Auf einmal hatte sie einen Groll auf die Stadt, die sie doch immer so geliebt hatte. Alles war unendlich chic. Und teuer.

Und in. Und der Planet kann währenddessen ruhig untergehen, dachte sie grimmig.

»Nein. Morgen nicht. Und ich will auch nicht die neuste Neuigkeit erfahren, wegen der du mich vergessen hast. Wahrscheinlich ein Date mit einem genialen Typ. Ich melde mich. Wenn mir danach ist.«

Sie legte auf.

10

Benjamin Baratta hatte im Sommer nicht nur geschwitzt, weil es heiß war. Die Gedanken über seine Zukunft und die Zukunft seines Restaurants trieben ihn um. Und er kämpfte dabei mit sehr widersprüchlichen Gefühlen. Einen Tag war er entschieden, einen Schlussstrich unter das Restaurant zu setzen, am nächsten überkamen ihn die Trauer über diesen Entschluss und das Gefühl, damit die völlig falsche Entscheidung zu treffen. Er wusste nicht mehr, wem er trauen sollte, seinem Kopf mit all den rationalen Überlegungen oder seinem Herzen, das mit allen Fasern am *Baratta* hing. Zur Ablenkung und um endlich seinen Grübeleien zu entkommen, vertiefte er sich weiter in die Aufzeichnungen von Großvater und Urgroßvater.

Plötzlich wunderte er sich über sich selbst, dass er Koch hatte werden wollen, ohne sich für seine Familiengeschichte zu interessieren, die ihm schon damals eine Welt hätte erschließen können, mit der er sich unbewusst und sozusagen traumwandlerisch verbunden hatte.

Es fing schon damit an, dass er mit Erstaunen feststellte, dass sein Urgroßvater hieß wie er: Benjamin

Baratta. Sein Vater Lorenz, immer der Zukunft statt der Vergangenheit zugewandt, hatte ihm nicht einmal davon erzählt, dass er den Namen eines Ahnen bekommen hatte, vielleicht ja auf Drängen des Großvaters, dessen eigener Name Nicolas ebenfalls in der Familiengeschichte verankert war.

Mit einem Nicolas Baratta, geboren 1805 in Samedan, hatte es nämlich angefangen. Oder doch fast. Denn der Urgroßvater hatte seine Aufzeichnungen mit noch früheren, lückenhaften Überlieferungen begonnen.

Offensichtlich war schon ein Baratta dabei gewesen, wo alles begann: im Venedig des achtzehnten Jahrhunderts. Nicolas hatte ihm ja erzählt, dass nach der Pest viele Bündner ins entvölkerte Venedig gezogen und dort als Arbeitskräfte willkommen gewesen waren. Dort hatte sich der Mythos von den erfolgreichen Bündner Zuckerbäckern herausgebildet. Neben den Geschlechtern der Jenatsch, Tratschin und von Planta, die als *Fratelli Planta* eine Firma an vornehmster Adresse, der Riva degli Schiavoni nahe dem Dogenpalast, besaßen, hatten sich offenbar auch die Baratta niedergelassen. Ob im Spirituosenhandel, im Konditoreiwesen oder als Cafébetreiber, war nicht mehr herauszufinden. Die erste Generation der eingewanderten Bündner wurde jeweils in bestehenden Bäckereien angelernt. Hielten diese halben

Kinder durch und bewährten sich als Zuckerbäcker, eröffneten ihre Nachkommen in der zweiten Generation, meist zusammen mit Bündner Compagnons, ein eigenes Café oder einen eigenen Laden. Und es waren die in Venedig niedergelassenen Bündner, wie der Urgroßvater stolz in seinen Aufzeichnungen vermerkte, die als Erste überhaupt in der Stadt Kaffee ausschenkten. Der Kaffee war zwar schon seit 1550 in Konstantinopel bekannt, kam aber erst ein Jahrhundert später auf dem Weg über Ägypten nach Venedig. Kostbar und neuartig wie er war, wurde er zuerst für teures Geld als Heilmittel in Apotheken verkauft, und erst um 1680 witterten einige Bündner das Potenzial und eröffneten ein Kaffeegeschäft. Armenische und arabische Kaufleute machten es ihnen später nach. Bei den Bündnern aber, so hatte es der alte Benjamin festgehalten, erfolgte in der dritten oder vierten Generation oft ein weiterer Berufswechsel. Die Enkel und Urenkel der Zuckerbäcker eröffneten Hotels oder wurden erfolgreiche Import-Export-Kaufleute, wie er selbst und später sein Sohn Nicolas, der die Aufzeichnungen fortgeführt hatte.

Was mit den Baratta passierte, als die Bündner 1766 aus Venedig hinausgeworfen wurden, war zur Enttäuschung der beiden Hobbyforscher nicht herauszufinden gewesen, und es mag sein, dass jener Nicolas, der 1805 in Samedan geboren wurde und dem Großvater den Namen gab, einer Seitenlinie entstammte. Die aus Venedig Vertriebenen jedenfalls hatten sich in ganz Italien und in alle Himmelsrichtungen verstreut und sich in den großen Städten Europas neu angesiedelt. In die Heimat zurück kehrten offenbar die wenigsten, jedenfalls nicht, solange sie erfolgreich waren und das Heimweh sie nicht überwältigte. Nur in fremder Erde wollten sie auf keinen Fall begraben sein.

Jedenfalls machte sich der 1805 in Samedan geborene Nicolas Baratta, im zarten Alter von fünfzehn Jahren, nach seiner erfolgten Konfirmation von seiner Mutter schweren Herzens verabschiedet und mit reichlichem Proviant, nämlich Alpkäse, Butter, Schafwolle und gesalzenen Forellen und anderem versehen, zusammen mit einigen jungen Burschen aus dem gleichen Ort auf nach Berlin, wo sie in der Zuckerbäckerei ausgebildet werden sollten.

»Die tägliche Arbeitszeit der Lehrlinge«, las Benjamin, »betrug zwölf bis vierzehn Stunden und begann mitten in der Nacht.«

Er seufzte. Er war im *Baratta* nicht selten an solche Arbeitszeiten herangekommen, aber er hatte wenigstens nicht ohne Tageslicht in feuchten, dumpfen Backkellern schuften müssen! Und auch nicht mit vierzehn oder fünfzehn Jahren schon!

Puh, dachte Benjamin, ich bin froh, im einundzwanzigsten Jahrhundert zu leben.

Beim Lesen entwickelte er durchaus so etwas wie Bewunderung für seine Ahnen. Mit fünfzehn, hielt er sich vor Augen, war dieser Nicolas, der nur die Berge und die Dörfer der Umgebung kannte, nach Berlin gelaufen, um dort für seinen Lebensunterhalt zu arbeiten! In der preußischen Hauptstadt! Wie viel Mut es brauchte, die eigene, vertraute Welt zu verlassen und dafür auf die Chance zu vertrauen, es in der Fremde irgendwann zu etwas zu bringen! Und dafür alles hinter sich zu lassen: die Familie, die Kameraden und Freunde, die Berge, das Tal, den Inn, der so friedlich durch das Engadiner Hochtal floss!

Nicolas Baratta blieb in Berlin, aber sein ältester Sohn Adrian sollte seine Kenntnisse über die in Berlin gängigen Backkünste hinaus erweitern. Sein Weg führte über Leipzig nach Königsberg, damals ein El Dorado der Marzipanherstellung. Doch dann zog es den jungen Mann noch weiter – bis nach Odessa.

Benjamins Urgroßvater schien aufgeatmet zu haben, als er seine ausführliche, verschlungene Ahnengeschichte endlich zu einem Ende brachte, denn die Eintragungen waren mit der Zeit immer kürzer geworden. Zum Schluss hatte er nur noch vermerkt: »Geburt des Sohnes Nicolas Baratta 1937.«

Benjamin schloss das Heft und legte es lächelnd zur Seite. Mit diesem speckigen, aus allen Nähten quellenden Heft hatte ihm sein Großvater wirklich ein

Geschenk gemacht. Ja, Ben würde bald seine Tante Alice in Bergün besuchen. Mit allen Fragen und Gedanken hatte er immer zu ihr kommen können. Sie war eine gute Zuhörerin, eine kluge, aber auch zurückhaltende Ratgeberin. Mit ihr wollte er weniger über die Familiengeschichte sprechen als über sich und seine berufliche Situation und was ihm dazu durch den Kopf ging.

Außerdem war der Herbst in den Bergen oft die schönste Jahreszeit. Er würde ein paar Bergtouren unternehmen wie früher, als er noch gewohnt war, Ferien zu haben.

***

Tante Alice war hoch erfreut, als er sich bei ihr meldete.

»Benjamin! Wie schön, dass du anrufst! Wie geht es dir?«

»So lala«, antwortete Benjamin und kam gleich zur Sache. »Ich wollte dich fragen, ob ich zu Besuch kommen und vielleicht sogar etwas länger bei dir bleiben könnte? Ich habe das Restaurant schließen müssen, ich erzähle dir mehr davon, wenn wir uns sehen. Ich habe den Mietvertrag Gott sei Dank zu guten Bedingungen kündigen können. Auf Ende Jahr. Das kann ich noch finanzieren, ein kleines Polster habe ich.

Vielleicht kann auch jemand in den Räumen bis zum Jahresende ein Pop-up-Restaurant oder sonst einen Eventschuppen aufmachen und die Mietkosten übernehmen. Ich brauche deinen Rat, Tante Alice. Dringend. Ich habe überlegt, etwas Neues anzufangen … aber das möchte ich mit dir besprechen …«

Alice war erstaunt, aber sofort einverstanden mit seinem Besuch.

»Wann hattest du denn gedacht …?«, fragte sie.

»Morgen!« rief Benjamin erleichtert über die schnelle Zusage. »Am liebsten gleich morgen!«

11

Leonie fühlte sich krank, ohne krank zu sein. Jeder kennt diesen Zustand, wenn das Fieberthermometer kein Fieber anzeigt und der Körper trotzdem sagt: Nichts ist in Ordnung, und ich will nicht, weil ich nicht kann. Und ich kann nicht, weil ich nicht will. Lass mich in Ruhe.

Draußen trommelte der Regen an die Fensterscheiben. Leonie zog den Bademantel fester um sich. Die Aufgaben, die vor ihr lagen, türmten sich wie ein Berg vor ihr auf. Wie sollte sie damit klarkommen, wenn sie jetzt noch nicht einmal in der Lage war zu entscheiden, ob sie Tee oder Kaffee machen sollte? Ob sie am besten wieder ins Bett kriechen oder aufbleiben und sofort zu organisieren anfangen sollte? Sie machte sich einen Kaffee und entschied sich fürs Bett. Die Airbnb-Angebote für möblierte Zimmer und Wohnungen konnte man auch im Bett durchklicken. Und sie beschloss, ein, zwei Tage zu Hause zu bleiben. Sie hatte in diesem Jahr noch kaum Ferien genommen, und die Familie, die eine Kindergeige bei ihr in Auftrag geben wollte, kam erst nächste Woche vorbei. Sie rief im Atelier an, aber Bruno nahm das Telefon nicht ab.

Sie hinterließ eine Nachricht.

***

Wenige Stunden später klingelte Leonies Handy. Unbekannte Nummer. Sie war versucht, nicht abzunehmen, tat es dann aber doch. Eine Männerstimme räusperte sich am anderen Ende.

»Cantieni hier. Fabio Cantieni.«

Fabio Cantieni? Das war doch Brunos Sohn.

Er fasste sich kurz. »Ich habe Ihre Nachricht auf dem Anrufbeantworter meines Vaters gehört. Ich ...» Die Stimme stockte.

»Hören Sie ... mein Vater ist heute Nacht gestorben. Herzinfarkt. Er hat allein gelebt, das wissen Sie ja, es war niemand da, der sofort eine Ambulanz hätte rufen können. Als er heute früh nicht ans Telefon ging, bin ich hingefahren. Er saß tot in seinem alten Sessel. Im Atelier. Ich habe jetzt keine Zeit für längere Auskünfte. Das verstehen Sie sicher. Ich gebe Ihnen Bescheid, wann die Beerdigung stattfindet. Sie hören von mir.«

Leonie saß wie vom Schlag gerührt. War Bruno, ihr lieber, herzensguter Lehrer, nicht unsterblich? Wie konnte das so plötzlich geschehen? Ja, er war alt, aber doch nicht *richtig* alt. Nicht uralt. Vielleicht zwei-, dreiundsiebzig! Sie hatten gestern nicht viel miteinander gesprochen, und sie war auch nicht auf die Idee gekommen zu fragen, wie es ihm ging. Dass er oft müde war, blass, das hatte sie schon bemerkt. Aber er hatte ja nie darüber sprechen wollen. Immer nur gesagt, es sei schon alles in Ordnung. Bis auf die Sache mit seinem Sohn und dem Haus. Und dass er die Hitze nicht vertrug. Nein, das konnte, durfte einfach nicht sein. Bruno Cantieni. Da saß sie in ihrem Bett wie ein kleines Mädchen. Ungläubig. Traurig. So traurig wie schon sehr, sehr lange nicht mehr. Sie ließ die Tränen hemmungslos fließen und schniefte. Denn, Himmel nochmal, ein Taschentuch war gerade nicht zur Hand.

***

Leonie lief durch die Straßen, die Hände tief in den Taschen vergraben. Es wäre richtig gewesen, in die Werkstatt zu gehen und nach dem Rechten zu sehen. In Brunos altmodischem Auftragsheft nachzusehen, ob Termine anstanden. Im Computer waren nur ihre eigenen Aufträge erfasst, ihr Angebot, die seinen mit zu erfassen, hatte er immer abgelehnt. Aber sie brachte es nicht über sich, jetzt in die Steinwiesstraße zu gehen, das Atelier aufzuschließen und so zu tun, als sei nichts geschehen, als käme Bruno im nächsten Moment herein, um nachzufragen, wie sie vorwärtskam.

Die Stadt war voller Menschen. Im Niederdorf, auf Leonies Wohnseite, spazierten die Touristen herum und konsumierten im heftig dekorierten *Café Schober*, jetzt *Café & Conditorei 1842*, hausgemachte Schokoladen und Kuchen. Gegenüber konnte man die Kaffeerösterei *Schwarzenbach* bewundern und im dazugehörigen Kolonialwarenladen kandierte Früchte und hervorragende Tees und Kaffees kaufen. Noch. Einer der schönsten Läden der Stadt war das. Aber all die kleinen Geschäfte waren gefährdet. Die Mieten wurden auch für Ladenbesitzer immer unbezahlbarer. Leonie konnte, wenn sie vorbeikam, den kandierten Veilchen bei *Schwarzenbach* selten widerstehen. Vor der *Bodega* saßen die Wetterfesten beim ersten Glas Rotwein, die weniger Abgehärteten drinnen in der uralten Gaststube mit den spanischen Kellnern, die schon ewig da zu sein schienen und wichtiger Bestandteil der *Bodega* waren, wie die Tapas und die Tortilla.

Auf der anderen, der Bahnhofstraßenseite der Limmat stand eine Schlange vor dem *Louis Vuitton*-Laden. Warum gerade hier und nicht bei *Chanel* oder *Dior*, fragte sich Leo, fand aber keine Antwort, auch nicht, warum es sehr, sehr junge Menschen waren, die hier geduldig anstanden, bis man sie in diesen speziellen Konsumtempel einließ, in dem es höchstwahrscheinlich keine Tasche unter tausend Franken zu kaufen gab.

Beim Blick in die Schaufenster stellte Leo kopfschüttelnd fest, dass die Supermärkte schon Schokoladenweihnachtsmänner verkauften und die großen und kleinen Läden im Glitzerlook so taten, als sei es höchste Zeit, endlich Geschenke für das Fest der Liebe auszusuchen. Und weil die künstlichen Weihnachtsbäume keine Nadeln verloren, tauchte der eine oder andere schon in den Dekorationen auf. Dabei war es grade mal der dritte November.

Vor dem Opernhaus liefen die Vorbereitungen für den Weihnachtsmarkt. Sicher würde es wieder die kleine Eisbahn geben, eine echte Konkurrenz zu New York und dem Rockefeller Center, murmelte Leo ironisch vor sich hin.

Am Bellevue stieß sie auf eine Bekannte, die erfreut winkte und auf sie zukam.

»Hallo, Leonie! Lange nicht gesehen! Bist du auch auf Shoppingtour?« Die Bekannte schwenkte eine Tüte. »Ich konnte nicht widerstehen ... eine Handtasche mit Puschelfell! Hast du Zeit? Gehen wir einen Kaffee im *Café Felix* trinken? Oder was essen? Sie haben so gute Pasteten mit Salat, teuer, aber na ja ...«

Leo hatte bisher kein einziges Wort gesagt.

Ihr Gegenüber sah sie zum ersten Mal richtig an.

»Ah, vielleicht hast du gar keine Zeit. Sorry!« Dann entdeckte sie eine andere Bekannte, ein zentraler Punkt, dieses Bellevue, ständig traf man jemanden.

»Hoi, Carina, warte ...! Ist es okay für dich, Leo, wenn ich mit Carina weiterziehe ...?«

Leo nickte erleichtert.

Die Frau warf Leo eine Kusshand zu und verschwand mit besagter Carina um die Ecke.

Puh, dachte Leonie. Glück gehabt.

***

An diesem Abend, zwei Tage vor Brunos Beerdigung, blieb Niels zum ersten Mal bei Leonie über Nacht.

Auch Niels kannte Bruno schon seit Jahren, und er verstand Leos Trauer viel besser als ihre Sorge um eine neue Wohnung. Er entwickelte geradezu fürsorgliche Gefühle, stellte Leo erstaunt fest und schämte sich, dass sie sich so schwer von ihrem ersten Eindruck trennte, dass er ein arroganter Schnösel war. Er war selbstbewusst, ja. Erfolgsverwöhnt auch, beruflich und was die Frauen anging.

Aber sie musste neidlos anerkennen, dass er ein sehr guter Musiker war und zu Recht so schnell Karriere als Violonist gemacht hatte. Sie hatte ihn inzwischen ein paar Mal spielen hören. Er hatte ihr vom Orchestergraben aus verschmitzt zugewinkt, denn er wusste genau, wo sie saß – die Tickets hatte schließlich er ihr besorgt. Und wie er da so saß, gab er echt eine gute Figur ab. Warum sollte er da nicht selbstbewusst sein?

Verwundert sah sie zu, wie er sich in ihrer winzigen Küche zu schaffen machte. Nachdem bei ihm zu

Hause der Kühlschrank so gähnend leer gewesen war, glaubte sie nicht mehr daran, dass er kochen konnte. Aber er konnte. Er hatte alles mitgebracht, was es für tröstende Spaghetti braucht, und während sie mit einer Decke über den Beinen auf dem Sofa lag, zog der wilde Duft nach Knoblauch, Tomaten, Sardellen und Chili durch die Wohnung.

Als er die dampfende Schüssel auf den Tisch stellte und einen frischen Salat dazu, erwiderte sie seinen Kuss und fühlte sich glücklich dabei.

Sie hatte sich wohl in ihm getäuscht. Er war nicht nur gut im Bett und auf den Bühnen dieser Welt. Er hatte mehr zu bieten.

***

Grauweißer Novembernebel hing wie ein nasses Tuch über dem See. Kein Blick auf die Berge, und auch die Hügel ringsum schienen verschwunden. Wieso muss bei Beerdigungen das Wetter so unerträglich sein? Aber Sonnenschein wäre schließlich auch nicht angemessen, dachte Leonie, als sie sich gemeinsam mit Niels zum Friedhof Fluntern aufmachte, um Abschied von Bruno Cantieni zu nehmen. Es waren viele Menschen versammelt, Familie, Freunde, Musiker, ehemalige Lehrlinge, Menschen aus dem Hottinger Quartier, wo Bruno so lange gelebt und gearbeitet hatte. Leonie hörte die Worte der Pfarrerin kaum, ihre Gedanken schweiften immer wieder ab. Ob Bruno von irgendwo da oben die wunderschönen Blumen sah, die die Menschen hatten bringen lassen, um sich noch einmal bei ihm zu bedanken? Ob er die Musik hörte, die drei befreundete Musikerinnen für ihn spielten?

Sie erinnerte sich an die erste Begegnung mit Bruno, ihre Angst, sich dumm anzustellen, an Brunos wohlwollende Strenge, mit der er auf größter Genauigkeit bestand. Sie sah vor sich, wie er manchmal, wenn er besonders guter Laune war, nach einer Geige griff und anfing, darauf zu spielen. Wie sorgfältig er die Kunden beim Kauf einer Kindergeige, bei der Reparatur einer wertvollen Bratsche, bei der Bestellung eines Cellos oder einer Vermietung von Instrumenten beraten hatte. Wie er lachte, als sie entschuldigend gesagt hatte, sie spiele nicht besonders gut Geige. Frau Balmer habe ihm etwas anderes gesagt, hatte er schmunzelnd geantwortet.

Niels hatte sie bei der Hand genommen. Sie ließ es zu. Es war gut, dass er da war. Dass er in diesem Moment bei ihr war.

Sie blieb nicht lange bei der anschließenden Trauerfeier. Brunos Sohn erwähnte kurz, dass er sich in nächster Zeit melden werde.

»Wir müssen ja über die Werkstatt reden«, sagte er und fügte hinzu:

»Ich weiß nicht, ob mein Vater je mit Ihnen darüber gesprochen hat, aber ich dränge schon länger darauf, das Haus zu verkaufen ...«

Eine hübsche dunkelhaarige Frau, die sehr italienisch aussah, trat zu den beiden, unterbrach Fabio, indem sie ihm die Hand auf den Arm legte, und sagte: »Wie schade, dass wir uns ausgerechnet hier, auf dem Friedhof, kennenlernen. Ich bin Marisa, Brunos Tochter. Mein Vater wollte so gern, dass wir uns einmal treffen. Er hat Sie sehr geschätzt ... Irgendwie hat es nie geklappt. Ich wohne in Genf, ich war nicht so oft hier ... Wir melden uns bei Ihnen, wenn wir mehr wissen. Das Testament ist noch nicht eröffnet. Meinem Vater war es sehr wichtig, dass Sie die Werkstatt weiterführen, und ich«, sie sah ihren Bruder an und sprach gleichsam zu ihm weiter, »ich möchte das Haus eigentlich nicht verkaufen. Es ist doch unser Elternhaus ...«

»Komm, Marisa«, schaltete sich Fabio Cantieni ein. »Wir haben hier Pflichten. Viele der Anwesenden möchten mit uns sprechen.« Er hakte seine Schwester unter und sagte zu Leonie: »Wie gesagt. Sie hören von mir. Danke, dass Sie gekommen sind.«

Nur noch nach Hause, dachte Leonie, nichts mehr sehen und hören. Weg von hier. Aber Bruno hatte recht gehabt mit seiner Vermutung, dass Leo und seine Tochter sich sympathisch finden würden. Marisa gefiel ihr wirklich. Sie hätte sie gern früher kennengelernt. Und augenscheinlich waren die beiden Geschwister Fabio und Marisa ziemlich verschieden.

Aber jetzt wollte Leo nur schnell noch das Nötigste einkaufen und ab in ihre Höhle. Niels blieb noch. Er stand im Gespräch mit Kolleginnen und Kollegen aus der Musikerszene, und als sie ihm ein Zeichen machte, dass sie im Begriff war zu gehen, nickte er und winkte ihr kurz nach.

Irgendwie sah man ihr die Traurigkeit wohl an, denn plötzlich hielt ihr mitten auf dem Weg ein alter Mann eine Rose aus dem Strauß von Rosen hin, die er wohl im nächsten Lokal verkaufen wollte. Als Leo in der Tasche nach ihrem Portemonnaie suchen wollte, schüttelte er nur den Kopf.

»Schon gut«, sagte er und ging weiter.

12

Platz hatte Tante Alice reichlich. Das große alte Bündnerhaus hätte spielend eine Familie mit großer Kinderschar inklusive Großeltern beherbergen können. Eigentlich war es tragisch, dass Alice kinderlos geblieben war, dachte Benjamin. Als er seine Sporttasche packte, überkam ihn plötzlich ein warmes Glücksgefühl.

Wie lange hatte er keine Ferien mehr in den Bergen gemacht! Erinnerungen stiegen in ihm auf. Sommer- und Winterferien hatten er und seine Schwester Anne bei Tante Alice und Onkel Toni verbracht, Jahr für Jahr, und beide Kinder hatten aufgeregt sommers wie winters die Koffer gepackt, waren in Chur von den Eltern in die Bahn gesetzt und von Alice oder Toni in Bergün am Bahnhof in Empfang genommen worden.

Für die Festtage an Weihnachten waren die Eltern dann nachgekommen. Schon die Zugfahrt war ein herrliches Abenteuer gewesen, die Nasen hatten sie sich plattgedrückt an den Fensterscheiben, um zu sehen, wie sich der rote Zug der Rhätischen Bahn in die Berge hinaufschraubte, über atemberaubende

Viadukte und durch Tunnel, in denen sie sich immer ein bisschen gegruselt hatten. Es gab keine schönere Bahnstrecke für ihn als die über den Albula Richtung St. Moritz. Ja, natürlich war die Bernina-Strecke nach Poschiavo spektakulär, aber Weltkulturerbe der UNESCO waren beide, und sein Herz votierte immer eindeutig.

Plötzlich überkam Benjamin eine lang vermisste Leichtigkeit und Freude. Er schulterte seine Tasche, außen baumelten die Bergschuhe, und mit einem befreiten Lächeln machte er sich auf zum Bahnhof. Er war selbst über sich erstaunt. Dass die Entscheidung, nach Bergün zu fahren, eine so große Wirkung auf seine Stimmung hatte, hätte er nie gedacht. Was passierte da mit ihm?

Er fand ein fast leeres Abteil, richtete sich im Zug ein und ließ das Smartphone in der Tasche. Er wollte einfach hinaussehen, sich durch die Landschaft tragen lassen, der Welt seiner Kindheit entgegen. In Chur musste er umsteigen, das war keine Sache. Der vertraute rote Zug nach St. Moritz stand schon auf dem Gleis gegenüber bereit. Jetzt geht das Abenteuer los, dachte er und musste doch über sich selbst lachen.

Was für ein Abenteuer? Er war ja nicht mehr das aufgeregte Kind von damals! Trotzdem konnte er sich des Eindrucks nicht erwehren, dass dies ein Aufbruch war. Ein Aufbruch in etwas Neues, Unbekanntes, auch wenn seine Vorfahren ganz andere Abenteuer auf ihren langen Wanderungen und Reisen zu bestehen hatten, viel mehr wagen und erdulden mussten. Aber die Geschichte dieser Benjamins und Nicolas', die seine Vorfahren waren, hatte ihn aufgerüttelt. Ihr Mut machte ihm Mut, ihre Zähigkeit gab ihm Kraft, ihre Neugier auf die Welt machte auch ihn neugierig, und ihr Erfolg spornte ihn an. Wurde man an einem Ort nicht auf gute Weise sesshaft, konnte man es an einem anderen Ort probieren, und Hilfe gab es, wenn man sie suchte. Seine Großväter jedenfalls hatten es verstanden, sich Unterstützung zu beschaffen. Und die würde er auch finden auf seiner Suche nach neuen Wegen.

Er hatte sich in den letzten Wochen dabei ertappt, dass er sich alte Kuchenrezepte angesehen hatte, über Marzipan und Eis, Punsch und Baisers, Pasteten und Torten nachgedacht hatte.

Aber jetzt packte er erst einmal sein Sandwich aus und das Fläschchen Veltliner mitsamt Glas, das er eingesteckt hatte, und blickte hinunter auf den über Steine sprudelnden Fluss.

Das Wintermädchen kam ihm in den Sinn, das Mädchen aus Zürich, das er als Kind in Bergün kennengelernt und als junges Mädchen in Zürich wiedergetroffen hatte.

Seine Kinderliebe und seine erste große Liebe war sie gewesen. Lange hatte er nicht an sie gedacht, aber plötzlich trat das zehnjährige Mädchen ihm wieder vor Augen, das ein bisschen ängstlich oben auf dem Hügel gestanden hatte, mit seinem Schlitten, während die anderen Kinder hinuntersausten wie die Verrückten, mit ihren Schlitten erneut heraufkraxelten und sich wieder abstießen und unter lautstarkem Geschrei hinabbrausten.

Er war neben ihr stehengeblieben und hatte sie angesprochen.

»Willst du erstmal bei mir mitfahren? Ich kenn den Hügel in- und auswendig. Setz dich einfach hinter mich und halt dich an mir fest.«

Sie zögerte, aber dann stellte sie ihren Schlitten zur Seite und setzte sich hinter ihn, legte die Arme um ihn, und los ging es. Gut fühlte sich das an. Sie sprachen wenig, aber sie fuhren mit dem Schlitten, bis die Sonne unterging und es schnell sehr kalt wurde.

»Danke!«, sagte das Mädchen. »Jetzt muss ich aber heim, sie warten sicher schon alle.«

»Habt ihr hier ein Ferienhaus?«, fragte Benjamin, der die Dorfkinder alle kannte, das Mädchen aber zum ersten Mal sah.

»Eine Ferienwohnung. Vielleicht müssen wir aber eher zurück, weil meine Freundin mit Fieber im Bett liegt.«

Mehr sagte sie nicht, lächelte ihm zu und stapfte durch den Schnee mit ihrem Schlitten davon.

Manchmal braucht es nicht viele Worte, und es ist um einen geschehen. Glück und Schmerz erfüllten Benjamins Kinderherz. Er hätte Tag und Nacht mit ihr spielen, rennen, Schlitten fahren wollen, darauf warten, dass sie lächelte, dass sie etwas sagte, die Arme um ihn legte. Und nun fuhr sie vielleicht so bald schon wieder ab?

Schrecklich war das. Furchtbar. Und gleichzeitig fühlte er etwas, was er noch nie gefühlt hatte. So ein unendlich schönes Gefühl ...

Draußen rauschten Wasserfälle über die Felsen hinab, aber sie führten nicht mehr so viel Wasser wie in früheren Jahren, die trockenen heißen Sommer machten sich auch hier oben bemerkbar.

Der Schaffner betrat den Wagen und kontrollierte Benjamins Billett. Auf einmal strahlten beide über das ganze Gesicht.

»Hej, du bist doch der Reto!«, rief Benjamin aus. Der andere zögerte einen Moment und schlug ihm dann freundschaftlich auf die Schulter.

»Genau! Und du bist der Benjamin! Du warst in den Ferien immer bei uns in Bergün, stimmt's?«

»Du bist also in der Gegend geblieben.«

»Ja. Ich fahre kreuz und quer durch die Heimat ... wie du siehst.«

Sie hielten einen kurzen Schwatz, und Benjamin, ohne dass es eine Begründung dafür gegeben hätte, nahm die Begegnung als gutes Omen. Für was? Wusste er nicht. Irgendwas. Irgendwas in der Zukunft.

***

Tante Alice erwartete ihn am Bahnhof und verdrückte eine Träne der Wiedersehensfreude. Obwohl sie im Dorf alle kannte, fehlte ihr der frische Wind, den Nichte und Neffe bei ihren Besuchen immer mitbrachten. Benjamin legte den Arm um sie, die Reisetasche über der anderen Schulter, und so gingen sie ins Dorf hinunter.

Da war das alte Haus mit den dicken Steinmauern, die jedem Wetter standhielten und zu sagen schienen: Hier kann dir nichts passieren, dieses Haus beschützt unerschütterlich alle, die darin sind. Das runde Kopfsteinpflaster führte leicht hinauf zum großen Eingangstor aus massivem Holz, in das eine kleinere Tür eingeschnitten war. Auch die hölzerne Sitzbank neben dem Tor fehlte nicht, auf der man in der Sonne sitzen konnte, denn viel Sonne drang nicht durch die kleinen Fenster, die im Winter nicht zu viel Kälte hereinlassen sollten. Wie kunstvoll umrandete Augen sahen sie aus dem Mauerwerk, die Holzläden aufgeklappt, die Scheiben halb von weißen Gardinen verdeckt. Die Mauern waren in einem zarten Rosa verputzt, auf dem sich graublaue Malereien dekorativ abhoben.

Als Kind war Benjamin das Haus mit seinen drei Stockwerken und den Rundbogenfenstern im Dachstock wie eine gewaltig große Burg erschienen, aber auch dem Erwachsenen imponierte das Bauwerk. Und das Haus seiner Tante war nur eines von vielen prächtigen Engadiner Häusern, die die alten Bergüner Zuckerbäcker errichtet hatten, wenn sie in der Fremde Erfolg und Reichtum erworben hatten.

Eigentlich waren sie hier ja noch gar nicht im Engadin, aber die Bergüner hatten sich, gerade noch auf der Nordseite des Albula-Passes, gern nach Süden orientiert.

»Jetzt komm erst mal rein«, sagte Alice und schob ihren Neffen ins Haus. »Ich habe Essen vorbereitet. Du musst doch Hunger haben nach der Reise. Und such dir ein Zimmer aus. Ich hab noch kein Bett für dich bezogen, das kannst du dann selbst machen, wenn du weißt, wo du schlafen willst.«

Keine Frage, Benjamin wollte genau in das Zimmer, in dem er als Junge immer geschlafen hatte, ein kleiner Raum mit gemütlicher Arventäfelung und einem leicht quietschenden Dielenboden, in dem noch eine alte Truhe mit Spielsachen stand. Benjamin strahlte. Seine Tante auch.

»Ich freu mich so, dass du da bist«, sagte sie, »ein bisschen Leben im Haus tut mir gut. Jetzt, wo Toni nicht mehr ist und ich hier nachts vor Einsamkeit die Geister rumoren höre, wenn die Dielen knacken.«

»Du hältst es aber schon aus, wenn ich ein paar Tagestouren mache, oder? Ich hab so lange nicht mehr Ferien hier gemacht. Davon abgesehen auch nicht anderswo.«

Alice tätschelte seinen Arm. »Schon gut, ich hab nicht gemeint, dass du hier neben mir sitzen und mir die Hand halten sollst«, sagte sie. »Wenn ich jünger wäre, käme ich mit. Wie oft sind der Toni und ich auf Höhenwanderungen gegangen ...«

Wie er ihr fehlt, der Onkel Toni, dachte Benjamin. Sie waren ein liebevolles Paar gewesen, und auch zwei Jahre nach Tonis Tod hatte sich Alice noch nicht mit dem Alleinsein abgefunden.

»Warum bist du eigentlich nach Tonis Tod ganz hierhergezogen? Ihr hattet doch so eine schöne Wohnung in Zürich. Vielleicht würdest du dich in der Stadt weniger allein fühlen?«

Alice wiegte den Kopf hin und her. »Vielleicht hast du recht«, meinte sie zögernd, »ich weiß es nicht. Ich wollte da sein, wo wir immer so glücklich waren und wo Toni herkam. Hier, in seinem Haus. Im Haus seiner Familie. In Chur hätte ich meine Familie, deinen Großvater, deine Eltern. Aber ich habe, seit ich zwanzig war, nicht mehr in Chur gelebt. Es wäre eine fremde Stadt für mich. Und Zürich ... seit ich die Arbeit aufgegeben habe ...« Sie schien nachzudenken und schloss dann: »Jetzt bin ich eben hier.«

***

Es dauerte ein paar Tage, bis Benjamin auf das zu sprechen kam, was ihn beschäftigte. Aber eines Abends war es so weit.

»Tante Alice«, sagte er.

»Alice«, antwortete sie, »nenn mich doch Alice. Du bist ja längst erwachsen, und ich fühle mich sonst so alt ...«

»Na gut, Alice.« Er lächelte. »Der Großvater hat mir an Vaters Geburtstag ein Heft mitgegeben, von dem du vielleicht weißt oder auch nicht.« Er machte eine Pause, um abzuwarten, ob sie etwas darauf sagen wollte.

Alice nickte. »Ja, ich wusste, dass er an den Aufzeichnungen unseres Großvaters, deines Urgroßvaters, weitergearbeitet hat. An der Geschichte der Zuckerbäcker in unserer Familie. Auf sie geht der Wohlstand der Familie zurück – vielleicht fühlten sich Nicolas und Benjamin ja deshalb verpflichtet, auf diese Ursprünge hinzuweisen, weil sie selbst die Tradition nicht fortgeführt haben. Sie haben sich für einen doch etwas weniger anstrengenden Beruf entschieden.« Sie lachte. »Waren zu faul fürs Konditorhandwerk, in dem man sich sein Geld sehr sauer verdient!«

Sie goss Ben und sich ein weiteres Glas Malanser ein.

»Also erzähl ... hast du alles gelesen?«

»Ja, hab ich. Eigentlich erstaunlich, dass ich über dreißig geworden bin, ohne richtig zu wissen, was meine Ahnen alles so geleistet haben.«

»Immerhin wolltest du schon früh Koch werden«, warf Alice ein.

»Ja, das schon. Aber wie schwer das Leben der alten Bündner Auswanderer war, wusste ich nicht. Dagegen ist mir alles in den Schoß gefallen ... mehr oder weniger.«

»Na, na.« Alice schmunzelte. »Du hast dich doch ziemlich abgerackert in den letzten Jahren, nicht wahr? War ja auch kein leichtes Pflaster in Zürich!«

»Nein, war es nicht. Aber du kennst den Stand der Dinge noch gar nicht. Ich mache nicht einfach Ferien. Ich habe das *Baratta* geschlossen. Zu wenig Personal, nicht genug Einnahmen. Und trotzdem keine Zeit. Nie Zeit. Nie Ferien. Nie Wochenende. In diesem Beruf muss man sich gut fragen, wie lange man das durchhalten kann. Diese Zwölf- bis Sechzehn-Stunden-Tage. Ob man daneben überhaupt eine Familie haben kann ... Kinder. Verstehst du?«

Sie nickte und ließ ihn weiterreden.

»Meine letzte Freundin ist mir davongelaufen. Die davor auch. Ein Stück weit hatten sie recht. Und zu diesem Zeitpunkt, geradezu schicksalhaft, gibt mir Großvater das Heft mit der Familiengeschichte.«

Er machte eine Pause, aber Alice sagte noch immer nichts. »Da hab ich mir gedacht, dass es vielleicht eine Möglichkeit wäre, in die Stapfen der Vorfahren zu treten ...«

Er lachte. Wie altmodisch das klang. Schrecklich.

»Viele Gäste im *Baratta* haben immer von den Desserts geschwärmt, die waren stets ein wichtiger Teil der Karte. Und wenn ich eine Konditorei, ein Café aufmachen würde ... könnte ich am Abend dann auch mal schließen und nach Hause gehen.«

Er sah Alice erwartungsvoll an. Sie schien ihm fast abwesend, als er sie so ansah, aber plötzlich klopfte sie mit der Hand auf den Tisch und kehrte in den Moment zurück.

»Ich habe nachgedacht, während du geredet hast«, sagte sie. »Aber ich hab alles genau mitgekriegt, keine Angst. Pass auf ...«, sagte sie und setzte sich neu zurecht, als könne sie sich so besser konzentrieren. »Es ist ja interessant, dass die Bündner Zuckerbäcker kaum versucht haben, eine Kaffeehaustradition zu Hause zu etablieren. Die Konditoreien, die es in der Schweiz gibt, sind oft von Einwanderern gegründet worden. Wir sind halt ein Volk von Zwinglianern und Calvinisten, ›unnötige‹ Leckereien und Naschlust haben für uns was Suspektes. Findest du nicht? Na gut, in Zürich mag das inzwischen anders sein. Aber traditionellerweise ist es doch so.« Sie holte Luft und goss sich Wein nach. »Aber viele Menschen aus vielen Ländern machen in der Schweiz Ferien. Ein wunderbares Café mit den Spezialitäten von früher, inklusive Weinausschank, Likörherstellung und Verkauf edler Brände, das könnte in Orten, die vom Fremdenverkehr leben, eine großartige Bereicherung sein. Es könnte funktionieren!« Sie blickte Benjamin triumphierend an. »Stell dir vor, wenn die Wanderer im Sommer müde heimkommen und sich einen guten Kaffee und ein Stück Kuchen genehmigen möchten! Die Skifahrer und Langläufer, die im Winter noch so gern für eine heiße Schokolade oder einen Punsch einkehren würden! Die Gäste, die nur Frühstück gebucht haben und am Mittag eine kleine Mahlzeit und ein Glas Wein schätzen würden!«

Alice war richtig in Fahrt geraten, ihre Augen blitzten. Benjamin lachte.

»Du hast recht«, sagte er. »Wenn man mehr als das Übliche anbietet – ausgefallene Spezialitäten von selbstgemachten Baisers über kandierte Veilchen, Hochzeitstorten und Petit Fours bis hin zu herzhaften Pasteten ... dann könnte man die auch im Internet anbieten und verschicken oder auf Bestellung abholen lassen. Und natürlich kann man sie im Laden verkaufen.«

Sie hatten beide rote Wangen bekommen, vom Wein, vom Pläneschmieden.

Alice schwieg eine Weile. Dann weihte sie Benjamin in den Gedanken ein, der ihr gerade gekommen war. »Also«, sagte sie und machte eine eindrucksvolle Pause. »Du kennst doch noch den kleinen Laden, den es viele Jahre lang drei Häuser weiter gegeben hat. Der alte Conradin ist aber jetzt zu alt, und er hat keinen Nachfolger gefunden. Er wird schließen, das hat er mir letzte Woche gesagt. Ich weiß nicht, ob du dich erinnern kannst. Der Laden ist geräumig, sehr geräumig sogar, und hat noch mehrere angrenzende Zimmer, die Conradin bis jetzt als Lagerräume und Büro genutzt hat. Das Ganze würde sich ideal für eine Konditorei eignen, mit dem zentralen Laden und zwei kleinen Gasträumen.«

Sie begann schon davon zu träumen und den Traum auszuschmücken. »Da würde mein alter Kronleuchter wunderbar reinpassen! In der Zürcher Wohnung war er ein Prachtstück – hier würde er nur komisch aussehen, und nun verstaubt er im Keller. Und schöne Möbel gibt es in diesem Haus mehr, als ich brauchen kann. Du weißt ja, zum Teil sind sie sogar noch von unseren alten Zuckerbäckern! Dein Großvater und ich waren die Einzigen, die sich dafür interessiert und sie mit durchs Leben geschleppt haben.

Eigentlich müsste man nur alles frisch streichen. Eine schöne alte oder neue, speziell für den Raum entworfene Theke müsste man noch finden oder machen lassen, die von Conradin ist hässlich, alt und unspektakulär. Die Torten, das Gebäck, das alles müsste darauf ausgestellt sein, als beträte man das Schlaraffenland ... das Paradies!

Ich glaube nicht, dass Conradin eine zu hohe Miete für die Räume verlangen würde. Das berede ich schon mit ihm! Denk nur an alle die Touristen und was sie für Augen machen würden!«

Benjamin sah seine Tante belustigt und beinahe verwundert an, so sehr hatte sie sich ins Feuer geredet. Sie bemerkte seinen Blick und setzte fast entschuldigend hinzu: »Ich hab dich richtig überfahren mit meiner Begeisterung, ja? Aber schau dir den Laden mal an ... denk drüber nach. Ich wäre nicht so in Schwung gekommen, wenn du nicht zu verstehen gegeben hättest, dass du bereit wärst, etwas Neues anzufangen. Und dass ich Bergün vorschlage – verzeih«, sie lächelte charmant und ein bisschen listig, »das hat so offensichtlich damit zu tun, dass ich dich gern in der Nähe hätte, dass man nach dem Grund gar nicht näher suchen muss.«

Ben stand auf, ging zu ihr hinüber und umarmte sie.

»Ich weiß«, sagte er. »Bei dir ist immer mein zweites Zuhause gewesen, ein freieres, sehr geschätztes, weil du eben *nicht* meine Mutter bist. Danke. Ich denke drüber nach. Jetzt gehe ich erst mal schlafen. Bin gespannt auf meine Träume. Für morgen habe ich mich mit einem der Jungs von früher zu einer Tour verabredet. Aber dann schau ich mir den Laden von Conradin an. Ganz sicher. Gute Nacht!«

Und er gab ihr einen dicken Kuss auf die Wange.

* * *

Benjamin begriff sofort, was seine Tante gemeint hatte. Die Räumlichkeiten des alten Conradin waren wie gemacht für ein Café, er sah es vor sich: in der Mitte der Laden mit der Theke und Regalen für die Geschenkpackungen verschiedenster Leckereien, links und rechts die beiden gemütlichen Gaststuben, in die die beiden Kronleuchter aus Muranoglas großartig passen würden. Ein paar einfache Holztische müsste man finden, Vitrinen, Stühle und Sessel gab es bei Alice genug. Notfalls musste Großvater aus seinem Möbellager noch was rausrücken. Gemütlich musste das Ganze sein, mit einer Stimmung zum Schwelgen! Egal, wie schwierig, wie ungerecht, wie hart und grausam das Leben oft war: Hier würde, hier sollte es schön sein. Süß und duftend und betörend liebenswert.

Benjamin überließ das erste, tastende Gespräch mit Conradin seiner Tante. Sie kam mit roten Wangen zurück.

Eine Idee war geboren.

»Sei nicht böse, Alice, aber jetzt werde ich zurück nach Zürich fahren. Ich muss nachdenken, planen, rechnen, sehr viel erledigen und abklären. Wir sagen Großvater und den Eltern noch nichts, einverstanden? Ich muss mir erst klar darüber werden, ob und wie ich *unser* Café hinkriege. Wir telefonieren bald, okay?«

Natürlich, man konnte die jungen Leute nicht aufhalten. War schon recht. Und die Aussicht auf die Zukunft fand Alice hinreißend.

»Alles gut, mein Schatz. Aber wenn wir hier so in der Stube zusammensitzen an unserem vorläufig letzten Abend, erlaube mir doch noch eine neugierige Frage. Die Geschichte ist mir dieser Tage wieder eingefallen. Hast du eigentlich wieder mal von dem Wintermädchen gehört? Du hast sie immer nur das Wintermädchen genannt, weißt du noch? Du hast sie damals hier in den Winterferien kennengelernt. Da wird sie so zehn, elf gewesen sein. Eigentlich schade, dass nichts aus euch wurde, obwohl ihr später doch so verliebt ineinander wart!«

»Rühr nicht an alte Wunden, Alice. Nein, ich habe nie wieder von ihr gehört, ist ja Jahre her. Im Moment gibt es mal genug zu tun. Da bringen wir jetzt nicht noch die Geschichte mit dem Wintermädchen auf.«

Alice zog ein enttäuschtes Gesicht. »Na gut. Dann stoßen wir jetzt aber wenigstens auf unser Projekt an. Eröffnung zur Wintersaison! Zu Weihnachten. Komm, stoß mit mir an!«

»Auf Weihnachten!«

13

Niels, was denkst du?«, fragte Leonie, als sie auf seinem edlen Futon lagen und ziemlich erschöpft die Zimmerdecke anguckten. »Glaubst du, Brunos Kinder werden das Haus verkaufen? Dann hab ich nicht nur keine Wohnung mehr, sondern auch kein Atelier.«

»An was du so denkst, nachdem ich dich eben noch in den Himmel der Ekstase katapultiert habe!«

Er war wirklich beleidigt.

»Niels, wenn ich zurzeit was denke, denke ich *daran*. Das ist einfach so. Zu viele Probleme auf einmal. Aber ich denke ja nicht immer«, sagte sie und küsste ihn auf die Brust.

»Hm«, meinte er.

»Brunos Sohn hat mir praktisch schon bei der Beerdigung mit dem Hausverkauf gedroht. Die Tochter schien mir anderer Meinung. Die erben das ja gemeinsam. Ich höre jedenfalls gar nichts. Weder von ihm noch von ihr. Ich hab auch der Tochter meine Telefonnummer gegeben. Die ist mir viel sympathischer als der stromlinienförmig erfolgreiche Sohn.«

»Die melden sich schon«, brummte Niels. »Erbstreitigkeiten. Klassischer Fall. Wahrscheinlich können sie sich nicht einigen. Das kann dauern. Denk einfach nicht zu viel darüber nach ...«

Er zog sie an sich und begann sie wieder zu küssen. »Komm her ... du riechst einfach unglaublich gut, und es ist schon eine Ewigkeit her, seit ...«

»Nein«, sagte Leo. »Jetzt nicht. Ich geh jetzt heim. Ich muss nachdenken.«

Und sie stand wirklich auf und ging.

* * *

Zu Hause saß Leonie da und ordnete ihre Gedanken. Sie war verärgert. Immer wich Niels solchen Gesprächen aus. Schwierigkeiten schien er nun gar nicht zu lieben. Sie *war* aber in Schwierigkeiten. Warum hielt er das nicht aus, wenn er sich was aus ihr machte? Und er machte sich was aus ihr, das wurde mit jedem Tag klarer. Aber mit Sex ließ sich nun auch nicht alles klären.

Also ... das Atelier. Es gab genug Kunden, um das Geschäft weiterzuführen, und Leonie war mit allem, was das Atelier betraf, vertraut. Nur die Buchhaltung hatte immer Bruno gemacht, damit würde sie sich beschäftigen müssen. Eigentlich, dachte sie, würde ich die Werkstatt gern weiterführen, wenn die Familie Cantieni nicht verkauft und mir mit der Miete entgegenkäme. Bisher hatte sie keine Miete bezahlt, sie war ja angestellt gewesen. Aber würden Brunos Kinder das Haus behalten? Und wenn ja, würden sie die Wohnräume und das Atelier gesondert vermieten? Es machte ja Sinn, Mieter zu suchen, die auch für das Atelier Verwendung hätten. Und als Mieterin für das ganze Haus kam sie selbst nicht in Frage – garantiert zu teuer. Und falls Marisa in ihr Elternhaus zurückzöge? Ob sie Marisa mal anrief? Sie entschied sich dagegen.

Das war der eine Punkt. Der andere betraf das Wohnungsproblem. Es würde nur Sinn machen, das Atelier zu mieten, wenn sie eine Wohnung fände, die nicht allzu weit von der Stadt entfernt war.

Die Katze biss sich in den Schwanz.

Obwohl der Effekt nicht eben stabilisierend war, goss Leo sich ein zweites Glas Rotwein ein und drückte das marokkanische Kissen, an dem keine unliebsamen Erinnerungen hingen, an ihre Brust.

Wie war das gleich noch mit dem Universum?, dachte sie. Mein Gott, das Universum! Als Marie von der Wohnungskündigung gehört hatte, kam sie mit solchen Ratschlägen an.

»Leo, das ist echt Mist. Aber ich sag dir, schick deine Wünsche ans Universum! Glaub mir, das Universum sorgt für dich!«

Doch das Universum schwieg beharrlich zu allen Wünschen, die sie in der Zwischenzeit auf Maries

Geheiß zum Himmel hinaufgeschickt hatte. Ganz im Gegenteil. Das Universum hatte ihr jetzt auch noch Bruno genommen. Einen ihrer liebsten Menschen. Und den Arbeitsort. Aber warum sollte es auch auf Leos läppische Anliegen reagieren, das Universum, wenn es gleichzeitig nichts gegen die Klimakatastrophe, völlig unsinnige, grausame Kriege und die zunehmende Macht von Autokraten auf der ganzen Welt unternahm? Nichts, um verhungernde Kinder zu retten, Flüchtlingen eine neue Heimat zu geben oder um das Abholzen der Regenwälder zu beenden ... Nein, da war kein vorweihnachtliches Wunder weit und breit in Sicht. Ach, all das, was wir uns wünschen! Dieser unübersehbare Ozean menschlicher Wünsche und Nöte!

Aber jetzt! Leo richtete sich kerzengrade auf dem Sofa auf, legte das marokkanische Kissen entschieden zur Seite und beschloss, Sina anzurufen. Sina hatte praktischerweise immer dann, wenn es Leonie grade schlecht ging, eine gute Phase im Leben und die Hände sozusagen frei, um ihr beizustehen. Und noch bevor sie Sinas Nummer überhaupt gewählt hatte, wusste Leo eigentlich auch schon, was sie von Sina wollte: Sie wollte, statt für eine Weile zurück zu ihren Eltern zu ziehen, statt sich bei Freundinnen wie Marie für eine Zeit einzunisten, statt sich auf Airbnb ein möbliertes Zimmer zu suchen, ein paar Wochen zu Sina aufs Land.

Sie würde sich jetzt nicht wie eine Irre vor Weihnachten in die Wohnungssuche für das kommende Jahr werfen. Das konnte sie dann im neuen Jahr. Sie würde alle Möbel in einem Möbeldepot unterstellen und erstmal Weihnachten feiern. Und mit Sina konnte sie über ihre Probleme reden, anders als mit Niels. Vielleicht hatte Sina eine gute Idee. *Andere Ideen.* Ideen, die sie weiterbrachten als das, was ihr eigener Kopf im Moment zu bieten hatte.

Leo suchte ihr Handy. Ja, Sina und sie. Sie waren wirklich sehr alte Freundinnen, und als Sina nach Spanien gezogen war, hatten sie den Kontakt auch über die weite Distanz immer gehalten. Sina hatte sich – eine Meisterin darin, aus wenig Geld viel zu machen – nach eigenen Plänen in der Nähe von Tarragona ein Haus gebaut, hoch über einem Dorf, mit großartigem Blick auf den Kranz der Berge, umgeben von alten, verwilderten Olivenbäumen, die alle im bescheidenen Preis des Grundstücks inbegriffen gewesen waren. Unten im Tal floss majestätisch der Ebro, und im Januar blühten im Tal die Mandelbäume in zartem Rosa, bevor die Obstblüte begann. Warum nicht katalanische Weihnachten feiern? Fernab von den sich in Zürich türmenden Problemen? Im Sonnenschein statt unter Nebelschwaden! Sina und ihr Haus – das war genau der richtige Ort, um einen frischen Blick auf die Situation zu werfen.

Und plötzlich kamen die gute Laune und die Zuversicht wie mit einem frischen Windstoß zu Leonie zurück.

Sina war einverstanden.

»Natürlich!«, sagte sie. »Buch dir einen Flug! Ich hol dich am Flughafen in Barcelona ab. Bringst du Niels mit? Nein? Auch okay.«

* * *

Sina liebte Süßes. Sie liebte es in jeder Form und widerstand der Versuchung selten oder, besser gesagt, eigentlich nie, denn sie hatte das Glück, nicht zuzunehmen. Wahrscheinlich war das ihrer genetischen Ausstattung zu verdanken oder der schweren körperlichen Arbeit. Sina versuchte nämlich, die alten Olivenbäume auf ihrem Grundstück wieder ertragreicher zu machen, wofür die Bäume regelmäßig geschnitten, gepflegt und bewässert werden mussten. Offensichtlich war das eine Arbeit, die schlank hielt. Und weil Sina Süßes liebte, war Leo in diesem Moment unterwegs in den Zürcher Confiserien – sie wollte der Freundin eine möglichst breite Palette an Süßigkeiten mitbringen – von überzuckerten Geleefrüchten über Truffes du Jour, Nusssplitterhäufchen, Orangenstückchen in dunkler Schokolade bis hin zu Macarons in allen Pastellfarbtönen und den berühmten Kakao für heiße

Schokolade. Die Zahl an Schächtelchen und Tütchen an ihrem Handgelenk nahm zu, das Geld im Portemonnaie ab. Die Leckereien waren sauteuer, aber die Freundin war ihr noch um vieles teurer. Erschöpft ließ Leonie sich im überfüllten *Café Sprüngli* am Paradeplatz einen Kaffee bringen und ging im Kopf ihre Planung durch.

Finanziell hatte sie ein kleines Polster. Das Jahr war geschäftlich gut gelaufen, auch wenn sie mehr Reparaturarbeiten als Aufträge für den Instrumentenbau gehabt hatten. Aber sie hatten eine Menge gebrauchte Instrumente verkaufen können, für Erwachsene und auch für Kinder. Für Ferien hatte sie kaum Geld ausgegeben, sie war lediglich im Spätsommer ein paar Tage mit Niels wandern gewesen. Seine Eltern hatten ein Wochenendhaus in La Punt, wo sie übernachten konnten.

Für die Reise nach Spanien war alles vorbereitet, morgen sollte es losgehen. Die Wohnung war geräumt. Niels, Marie und ein paar andere Freunde hatten beim Packen geholfen. Alle ihre schönen, geliebten Sachen waren nun in einem Container gestapelt. Putzen musste man die Wohnung nicht, die Bauarbeiten machten das nun wirklich überflüssig.

Den Check-in für den Flug nach Barcelona würde sie am Abend vom Laptop aus erledigen, der Koffer stand schon gepackt neben der zusammengerollten

Yogamatte, auf der sie die letzte Nacht schlafen wollte. Ein paar wenige Dinge wie ihre Bettsachen wollten ihre Eltern am nächsten Tag abholen und bei sich für Leo aufbewahren. Den Schlüssel würden sie dann endgültig abgeben.

Leo bezahlte ihren Kaffee, griff nach all ihren Tüten und nahm den Weg über die Gemüsebrücke, wo der Marroni-Verkäufer neben den spitzen Papiertüten mit heißen Esskastanien auch duftende gebrannte Mandeln anbot und ein paar Leute sich die Hände schon an einem Becher Glühwein wärmten, während sie die Aussicht auf Bellevuebrücke, See und Berge genossen. Leonie konnte nicht widerstehen und kaufte sich die ersten gebrannten Mandeln in diesem Jahr.

Nachdem sie zu Hause in der leergeräumten Wohnung den Check-in erledigt hatte, schrieb sie, umrahmt von Smileys, an Sina: *Startklar! Morgen Mittag bin ich da!*

***

Der Flug war pünktlich, sie landeten auf die Minute in Barcelona, das Gepäckband schob rumpelnd die Koffer herbei, und schon von weitem entdeckte sie Sina in der Empfangshalle. Leonie hob den Arm und wedelte mit der Hand, Sina erkannte sie nun auch und winkte zurück. Zwei Stunden nach einem diesiggrauen Start war Leo in Spanien und blinzelte vergnügt ins helle Licht. Zwei weitere Stunden mit dem Auto, und sie würde das Zimmer beziehen, in dem sie schon bei früheren Besuchen geschlafen hatte.

Leo umarmte die Freundin und wirbelte sie herum – es fühlte sich an, als seien alle Probleme, der ganze schwere Rucksack, in Zürich geblieben, so leicht und beschwingt war ihr zumute.

Sina ließ den Wagen an und stieß einen zufriedenen Laut aus.

»Sehr gut! Manchmal springt die alte Kiste nicht an. Die Zündung, weißt du ... Aber jetzt: noch eine Tafel Schokolade kaufen, tanken ... und noch bei Tageslicht sind wir zu Hause.«

Leo lehnte sich im Beifahrersitz zurück und schloss die Augen. Es war sicher schon wieder zwei Jahre her, dass Sina und sie sich gesehen hatten ... wahrscheinlich hatte sich einiges verändert in der Zwischenzeit, so wie sie Sina kannte.

»Ich hab übrigens eine Außendusche gebaut«, sagte Sina in diesem Moment, »sehr praktisch im Sommer, wenn man auf dem Grundstück arbeitet. Es war wahnsinnig heiß diesen Sommer, selbst im Haus. Ich hab grässlich geschwitzt. Den Hühnerstall kennst du auch noch nicht, oder? Die drei kleinen Hennen legen fast jeden Tag ein Ei, man glaubt es nicht. Rührei, Spiegelei, Omelette, manchmal weiß ich gar nicht, wohin mit dieser Produktivität. Ich hab die Küken geschenkt bekommen, also hab ich das Hühnerhaus gebaut. Du weißt ja, wie gern ich herumwerkle, das war *die* Gelegenheit.«

»Hast du den Teich mit den Goldfischen noch?«, fragte Leo.

Sina hatte ihn mit einfachsten Mitteln selbst angelegt und mit Steinen vom Grundstück umrandet, die auf dem Feld störten, dem Teich aber als Randbefestigung dienten.

»Nein, bei der Wärme wird das Wasser zu schnell brackig. Das muss man oft erneuern, und Wasser ist knapp. Aber du wirst staunen, ich habe die alten verfallenen Mauern auf dem Grundstück ein gutes Stück weit restauriert.«

Sina liebte die typischen alten Steinmauern, die sich überall durch die Landschaft und die Olivenhaine zogen und sie in Terrassen unterteilten. Ihr eigenes Grundstück bestand aus sieben Terrassen, ein großes Stück Land, und wenn man es umrundete, hatte man fast das Gefühl, wie ein Großgrundbesitzer seinen Besitz abzuschreiten.

»Und hast du Oliven geerntet?« fragte Leo.

»Ja, aber die Ernte ist noch nicht so groß, dass ich mein eigenes Öl bei der Kooperative pressen lassen kann. Ich liefere die Oliven dort ab und kann dafür eine gewisse Menge Öl beziehen. Wir fahren morgen oder übermorgen hin, ich will auch noch Wein kaufen. Aber heute haben sie zu.«

Südlich von Tarragona bogen sie ins Landesinnere ab, die Straße führte nun durch die gebirgige Gegend ins Tal des Ebro, Leo erinnerte sich, dass sie das letzte Mal die Burg Miravet angeschaut hatten. Jetzt aber blieben sie auf der anderen Seite des Flusses. Schon kam, kurz vor dem Städtchen Mora d'Ebre, das Dorf Ginestar in Sicht.

»Da!«, rief Sina, als sie die vertraute Silhouette des Dorfes sah. »Ich fahre noch schnell rein ins Dorf, wir müssen noch Trinkwasser holen.«

Leo kannte die Prozedur. Die Wasserkanister waren am Dorfbrunnen schnell gefüllt und wieder im Kofferraum verstaut. Zurück auf der großen Straße zweigte Sina ab, und nun ging es den Hügel hinauf. Irgendwann endete der Asphalt, die Straße wurde holpriger, Sina umfuhr kenntnisreich die Schlaglöcher, links und rechts erstreckten sich Pfirsich-, Wein- und Olivenplantagen. Alles war jetzt abgeerntet und die Felder lagen verlassen da. Hier und da, selten, erhob sich das Dach eines Hauses. In den meisten dieser einfachen, abgelegenen Häuser wohnten Engländer, Deutsche oder Schweizer, die sich zuerst ein Ferienhaus in der Gegend gekauft hatten, dann aber zum Teil oder ganz hierhergezogen waren, weil sie im Home-Office arbeiten konnten oder pensioniert waren und ihren Lebensschwerpunkt an den früheren Ferienort verlegt hatten.

Das Auto rumpelte immer langsamer und vorsichtiger den Weg hinauf, manchmal schrappte das Bodenblech gefährlich an einem Steinbrocken vorbei. Noch eine Kurve, und sie waren da.

Sinas Grundstück, umgeben von locker stehenden Pinien, bildete ein Plateau, auf dem sich das flache, in warmem Terracotta gestrichene Haus erhob. Ringsum eröffnete sich ein großartiger Blick in die Weite auf das Tal und die umliegenden Berge. Ein wilder, freier, menschenleerer Ort. Die Ruhe, die er ausstrahlte, erfasste unmerklich auch die Menschen, die sich hier niederließen. Im Sommer duftete es nach wildem Thymian und Rosmarin, ihr Duft vermischte sich, wenn die Hitze nachließ, mit dem der dunkelgrünen Pinien. Aber die warme Zeit war auch hier vorbei.

***

Am Abend wurde es zunächst kühl, dann kalt. »Komm, du musst dir die Sterne angucken«, sagte Sina, und sie gingen mit dem Weinglas in der Hand vor die Tür, bis sie bibbernd vor Kälte wieder hineinhuschten. Kein Lichtsmog erhellte die Nacht, die Sterne funkelten so zahlreich am samtschwarzen Himmel, dass Leo überwältigt ausrief:

»Mein Gott, ist das schön. Und dass es da oben so voll ist, wer denkt denn das am Tag!«

Vom Waldrand her leuchteten Augen aus der Finsternis.

»Das ist wahrscheinlich ein Fuchs«, sagte Sina leise, »oder ein halbwilder Hund. Manche Jäger setzen die alten Jagdhunde einfach aus, wenn sie ihnen nicht mehr nutzen. Eine Schande ist das. Aber die Hunde rotten sich zusammen und tauchen im Rudel auf. Das ist mir dann schon unheimlicher. Die haben schlechte Erfahrungen mit Menschen gemacht, es wäre kein Wunder, wenn sie bösartig wären. Darum vertreibe ich sie, wenn sie zu nahe ans Haus herankommen. Heute sieht man keine. Die Wildschweine wühlen auch öfter mal im Boden ...«

Sina schloss die schwere Holztür ab und lachte.

»Aber nicht, dass du jetzt schlecht träumst. Hier ist noch nie was passiert!«

Sina genehmigte sich noch ein Truffe du jour, dann noch eins und verschwand auf der Galerie, wo sie sich unter der Dachschräge ihr Bett eingerichtet hatte.

***

Draußen wurde es langsam hell. Leonie lag im Bett, die Hände hinter dem Kopf verschränkt, und sah zu, wie die Sonne in flachem Bogen aufstieg. Über die Bettdecke hatte sie, als sie frierend in der Nacht aufgewacht war, ihren Wintermantel ausgebreitet. Die Bambusjalousien waren aufgerollt. Man brauchte sie eher, um das Sonnenlicht zu brechen, als um das Zimmer abzudunkeln. Der Blick aus den Fenstern, die bis zum Boden reichten, war grandios. Die Landschaft in ihrer Weite, Wildheit und Ruhe war überwältigend. Auf dem schütteren Gras lag Raureif, die Vögel schwiegen. Nicht einmal die Hühner gackerten, sie hockten still in ihrem Hühnerhaus, das sie nachts vor dem Fuchs beschützen sollte. Die Eidechsen huschten noch nicht über die Terrasse, ein schlichtes Podest, terrakottafarben gestrichen wie das Haus. Dunkel hoben sich die Kronen der Pinien vor dem noch weißen Himmel ab, es würde noch eine Weile dauern, bis er, erst sanft gerötet, sein gewohntes Blau annahm. Die Äste der Olivenbäume reckten sich mit ihrem silbrig grünen Blattwerk empor, jeder Baum ein knorziges, eigensinniges Individuum.

Sie sind wirklich erstaunliche Wesen, dachte Leonie, sie trotzen auf ihre Weise den Jahrhunderten. Es war kein Wunder, dass sie im Volksglauben als unsterblich galten.

Die Geschäftigkeit und Hektik der Großstadt kam Leo plötzlich ganz irreal und völlig bedeutungslos vor.

Sina stieg von ihrer Galerie herunter, in der Küche begann der Wasserkocher zu summen, und kurz darauf stand ein heißer Tee an Leonies Bett.

Sina verschwand mit ihrer Tasse wieder auf der Galerie. Der erste Tee im Bett am Morgen, ein Blick auf die Nachrichten, die auf dem Tablet aufleuchteten, das war ein Morgenritual, das Sina liebte und nur notgedrungen aufgab.

Leonie hatte die Decke bis zum Kinn gezogen und brauchte keine Nachrichten. Sie fühlte, wie der Tee ihren Magen wärmte, eine Melodie summte in ihrem Kopf, verstummte wieder – die Stille klang am allerschönsten. Sie wollte nichts denken, nur da sein.

»Wir kriegen heute Nachmittag Besuch«, meinte Sina, als sie beim Kaffee saßen und frühstückten. »Ich bin gespannt, wie Martì dir gefällt! Er ist der Makler, der mir das Grundstück hier vermittelt hat. Über die Jahre haben wir uns angefreundet. Schade, dass er vergeben ist ...«

Leonie horchte auf.

»Was höre ich da heraus? Bist du etwa bereit für eine neue Beziehung? Nach dem Desaster namens Robert?«, schob sie nach.

Sina wedelte mit den Händen.

»Langsam, langsam«, sagte sie, »der Beziehungs- und Liebesschreck sitzt mir schwer in den Knochen. Ich hätte selbst nicht geglaubt, dass mich die Geschichte so an den Rand bringen würde. Aber – ja … langsam fühle ich mich wieder okay. Spanien, das Haus hier, das war die richtige Entscheidung. Auch die Entscheidung, aus dem Verlag rauszugehen. Obwohl ich mit meiner Ehe dafür bezahlt habe, im Verlag zu *bleiben*.«

»Heißt?«, fragte Leo nach und rührte heftig im Kaffee. Sie hatten länger nicht über die Robert-Geschichte gesprochen. Es war Sina danach schlecht gegangen, und Leo hatte das Thema lieber ruhen lassen, erst recht als sie merkte, dass Sina langsam wieder auf die Beine kam und begeistert von ihrer Idee erzählte, nach Spanien auszuwandern. Aufs Land zu ziehen. Als freie Übersetzerin zu arbeiten und die Stelle im Verlag aufzugeben.

Erst fand Leonie das eine verrückte Idee, so einen harten Schnitt zu machen, alles aufzugeben, »nur«, weil man den Mann aufgeben muss. Sina hatte doch so darauf hingearbeitet, Lektorin zu werden. Zürich war ein fester Lebenspunkt, als Robert sie stehenließ, auch sie, Leo war wieder in der Stadt, alle Freundinnen und Freunde kümmerten sich um Sina. In Spanien war sie doch mutterseelenallein! Eine Fremde …

Aber Sina war bei ihrem Vorsatz geblieben. Nach ihrem Zusammenbruch, der Wut, der Trauer, der Selbstbezichtigung, dem Gefühl, versagt zu haben, den heftigen Anklagen gegen Robert und einer Zeit der Schlafstörungen, der Weigerung, richtig zu essen, stand sie von Bett und Sofa auf, ging zum Friseur, kaufte neue Klamotten, die nur noch wenig mit dem zu tun hatten, was sie bisher gern getragen hatte, und überraschte Leo eines Tages mit ihrer Form der Wiederauferstehung. Ihre Eltern waren fassungslos, die Verlagskolleginnen zuckten mit den Achseln, Platz zum Nachrücken, Leonie traute ihren Ohren nicht. Der Verleger allerdings, Sinas Chef, erwies sich als wahre Unterstützung.

»Wenn du meinst, dass das sein muss«, sagte er und schlug ihr ein Arrangement vor, das ihr den Sprung ins kalte Wasser erleichterte. Sie würde als »Scout« den spanischen Buchmarkt beobachten, die spanischen Verlage besuchen, Manuskripte lesen, sobald man sie nur kriegen konnte, und »ihrem« Verlag in Zürich Empfehlungen geben, welche Bücher sich zur Übersetzung und für den deutschsprachigen Markt eignen könnten. Das brachte nicht viel Geld, aber doch etwas, eine kleine monatliche Summe, die eine Grundlage schuf. Daneben könne sie für ihn übersetzen, meinte er, und fast wäre Sina ihm um den Hals gefallen. Der Verlag würde sie damit natürlich nicht voll auslasten können, aber man würde an sie denken, wenn etwas zu vergeben war.

Und so erhob sich Sina von ihrem Lager der Tränen, lächelte zuweilen wieder, nahm mit Leo einen Drink und weihte sie ausführlicher in ihre Pläne ein. Aber sie war nicht einfach wieder die »alte« Sina, sie hatte sich verändert. Sie entschied sich nicht nur für ein bescheidenes Leben ohne den Glamour, den Robert ihr geboten und der auch das Verlagsleben in bescheidenerem Umfang umgab und der ihr, gutaussehend und elegant wie sie war, durchaus immer gefallen hatte. Sie beschäftigte sich plötzlich mit Klima, ökologischem Fußabdruck, Food Waste und anderen Konsumsünden, Tierwohl und Ernährung. Aber nicht, indem sie jetzt einer Partei beitrat und Kundgebungen besuchte. Sie fuhr einfach nach Spanien und suchte ein Haus, um anders zu leben als zuvor.

Leo realisierte, dass Sina gar nicht groß über diese Veränderung nachdachte, die mit ihr vor sich ging. Sie war nur einfach als eine andere aus dem »Koma« aufgewacht, das die Trennung von Robert verursacht hatte. So, als sei sie erst jetzt, an diesem Punkt ihres Lebens, aus ihrem Kokon geschlüpft und sie selbst geworden.

Bald war klar, wohin sie wollte und was sie suchte. Eine einfache Finca, die man restaurieren und ausbauen konnte, ein Grundstück, das groß genug war, um einen Garten anzulegen, und eine Lage, die Ruhe und Einsamkeit versprach, wenn man das suchte. Martì hatte sie herumgefahren, und als hätte er eine Eingebung gehabt, zeigte er ihr die »sieben Terrassen«.

»Es ist unglaublich schön hier«, hatte Sina gesagt, »aber da ist ja kein Haus!«

»Dann musst du eben eins bauen«, hatte Martì lächelnd erwidert.

Und das tat Sina. Sie baute ein Haus. Im Stil der alten Landhäuser der Gegend, eine schlichte Aneinanderreihung von Küche, Bad und zwei Zimmern. Dazu eine Galerie mit Holzgeländer im Pultdach, wo sich nur knapp stehen, aber bestens schlafen ließ. Sie zeichnete ihre Vorstellungen von einem Traumhaus auf, suchte einen Bauleiter und fand einen Deutschen, der sich hatte frühpensionieren lassen. Er fand heimische Handwerker und über den Hügel verstreut wohnende Aussteiger, die günstig arbeiteten. Und so floss das Schmerzensgeld, das Robert Sina gezahlt hatte, in ihr neues Zuhause, das die wiederbelebte, verwandelte Sina spiegelte.

Und da saßen sie jetzt, Sina und Leo, und schälten eine Orange.

»Ich kann kein Spanisch«, sagte Leo. »Kann ich mit deinem Martì Englisch reden?«

»Spanisch würde dir nur bedingt was nützen.« Sina lachte. »Er ist Katalane. Und ich hab zwar Spanisch studiert, aber ich verstehe ihn trotzdem nur in Bruchstücken, wenn er sich nicht zum Spanischen bequemt. Nein, wir reden Deutsch miteinander.«

»Was?«

Sina lachte. »Ja. Deutsch! Martì hat Germanistik studiert …«

»Wie?«

»Na, an der Uni. Aber seine Freundin wollte nicht in einer Großstadt leben, wo er hätte Deutsch unterrichten können. Also ist er hier in seinem Heimatort geblieben und arbeitet jetzt als Makler für Deutsche, Schweizer und weiß Gott welche Leute, die in der Gegend ein Haus suchen und Unterstützung im Bürokratie- und Notariatsdschungel brauchen. Oder Handwerker suchen. Wie ich.«

»Ach!«

»Alles gut?«, fragte Sina amüsiert. »Noch Fragen?«

Leo schüttelte den Kopf. »Ich bin vorbereitet. Der Mann mit dem schönen Namen Martì kann kommen!«

***

Martì war etwa in ihrem Alter, dreißig, zweiunddreißig vielleicht. Dunkle Haare, dunkle Augen. Seine Ausstrahlung war angenehm und vertrauenerweckend – warm, eher zurückhaltend, und es war etwas Kräftiges an ihm, ohne dass er kraftmeierisch wirkte. Wahrscheinlich war er sportlich, aber sicher niemand, der gern im Fitnesscenter an Maschinen schwitzte. Eher jemand, der stundenlang in der Hitze der Weinplantagen arbeiten konnte und abends immer noch ein Lächeln auf den Lippen hatte.

Sina hatte einen Cava kaltgestellt, Martì hatte Empanadas mitgebracht. Ein paar Oliven und Käse machten eine reich gedeckte Tafel aus dem großen schweren Holztisch, der im Zentrum der Küche stand. Sina wollte sich mit Martì beraten, wie sie am besten die Solarzellen auf dem Dach erweitern konnte. Und ob es Sinn machte, außerdem eine kleine Windturbine zur Stromerzeugung anzuschaffen. Ein Generator stand hinter dem Haus, er sorgte für Notstrom, wenn die Solarenergie nicht ausreichte.

»Um abends einen Film zu streamen, reicht der Strom meist, wenn man tagsüber sparsam damit umgeht«, erklärte Sina. »Aber ich wäre froh, wenn ich eine Waschmaschine kaufen könnte, wenigstens für die kleine Wäsche. Die Bettwäsche wasche ich im Waschsalon in Tortosa oder unten auf dem Campingplatz. Das ist kein Problem.«

Martì schien sich mit Generatoren, Windrädern, Solarpanels, Warmwasseraufbereitung und anderen Fragen, die das Leben auf einem Grundstück ohne Stromleitung betrafen, so gut auszukennen wie Leonie mit den Werkzeugen, die man für den Geigenbau braucht. Gespannt folgte sie dem Gespräch und konnte die Augen nicht von Martì wenden, dem es nicht bewusst zu sein schien, wie attraktiv er war.

»Wie lange wirst du hierbleiben?«, wandte er sich schließlich an Leo, als er und Sina mit ihren »Fachgesprächen« fertig waren. »Sina hat mir erzählt, dass du aus deiner Wohnung rausmusstest?«

»Ja. Ich weiß nicht, ich würde gern eine Weile hierbleiben … ich hab noch keinen Rückflug gebucht. Kommt drauf an, wie lange Sina mich aushält … Und ja, alles, was ich habe, ist derzeit in einem Container … Ich hänge sozusagen im luftleeren Raum. In jeder Hinsicht. Auch was meinen Arbeitsort betrifft. Ich muss mal in Ruhe über die Zukunft nachdenken.«

»Das muss man wohl ab und zu«, murmelte Martì, als bezöge er sich mit ein. Sina sah ihn kurz und überrascht an. Dann tischte sie auf, was von den Zürcher Süßigkeiten noch übrig war, und das Gespräch ging in eine andere Richtung.

»Martì ist echt super«, sagte Leo, als sie wieder allein waren.

»Hm … hm«, machte Sina, nickte und ließ sich nicht weiter dazu aus.

14

Zumindest abends musste man den Rayburn befeuern. Kaum war die Sonne weg, wurde es empfindlich kalt. Das Olivenholz knackte im Ofen und verbreitete eine gemütliche Wärme. Bis ins Schlafzimmer reichte sie nicht, Leo legte sich eine heiße Wärmflasche ins Bett und sprang nach dem Besuch des Badezimmers gleich unter die Decke. Im Bad gab es heißes Wasser und auch eine Toilette mit Wasserspülung, Sina hatte alles perfekt ausgetüftelt, und was man so brauchte, war da – nur nicht im Überfluss.

Mit allem musste man sorgsam umgehen. Das Wasser kam aus der Zisterne und war kein Trinkwasser, aber Sina hatte sich sogar ein System ausgedacht, mit dem das erwärmte Wasser auch einen Heizkörper in Bad und Wohnzimmer betrieb, der den Ofen immerhin unterstützte.

Rasch hatte sich Leo daran gewöhnt, zum Zähneputzen, für Kaffee und Tee und zum Kochen das Trinkwasser aus dem Brunnen zu verwenden, das sie in die Kanister abgefüllt hatten und alle paar Tage nachfüllten, wenn sie im Dorf unterwegs waren. Dann kauften sie in dem kleinen Tante-Emma-Laden ein, Sina hielt einen Schwatz mit der Besitzerin, sie tranken einen Kaffee vor der Bar und holten Wein bei der Kooperative.

Wenn sie zurück waren, setzte sich Sina mit einem Tee an ihre Übersetzung.

Am Morgen versorgte sie die Hühner und machte ihren Gang über die sieben Terrassen, begutachtete die Bäume, räumte hier einen Stein auf den Steinhaufen, den sie zum Restaurieren der alten Mauern brauchen konnte, zupfte dort etwas wilden Thymian für die Bratkartoffeln ab und prüfte, ob die Wildschweine in der Nacht da gewesen waren und in der Erde gewühlt hatten.

Leo unternahm lange Spaziergänge. Zürich, ihre Sorgen um Wohnung und Werkstatt schienen weit weg, und sie hatte nicht einmal Lust, sich die angekündigten Gedanken über die Zukunft zu machen. Man würde sehen ... *E quel che sarà sarà.*

Schön war das, einfach so da zu sein.

***

Wenn Sina größere Einkäufe zu machen oder Administratives zu erledigen hatte und einen WLAN-Anschluss brauchte, fuhr sie nach Mora d'Ebre, in die nächstgelegene Kleinstadt mit Markt, Supermarkt, Bank und Apotheke. In ihrem Lieblingscafé klappte sie den Laptop auf und beantwortete die anstehenden Mails. Leo machte das Gleiche. Sie konnte ihre Kunden nicht hängen lassen und erklärte, wo nötig, die Situation. Und sie schrieb Niels, der noch immer ein bisschen verstimmt war, dass sie ihn nicht einmal gefragt hatte, ob er mitkommen wollte.

Sie hatte nicht einen Moment daran gedacht, ihn zu Sina mitzunehmen – das hier war eine Sache unter Freundinnen, kostbare Zeit zu zweit, die aufgrund der Entfernung selten geworden war. Und Niels musste schließlich arbeiten. Aber manchmal vermisste Leo Niels und seinen Körper, wenn sie ins kalte Bett schlüpfte. Dann rief sie ihn kurz an.

Doch an diesem Tag, sie hatten Gemüse auf dem Markt eingekauft und gönnten sich im Café eine Crema Catalana, fand sie in ihrem Mail-Briefkasten eine Nachricht von Fabio Cantieni, und plötzlich war jede angenehme Stimmung dahin. Die »andere« Welt war zurück.

Brunos Sohn kam ohne weitere höfliche Begrüßungsfloskeln zur Sache. Er habe Leonie mehrmals telefonisch zu erreichen versucht, ohne Erfolg. Er bitte um ihren Rückruf.

Leo seufzte.

»Sina, jetzt ist es so weit. Entschuldige, ich muss den jungen Cantieni anrufen. Ich geh kurz raus, ja? Ich halte es nicht aus zu warten, bis wir zu Hause sind.«

Sie wartete Sinas Antwort nicht ab, stürzte vor die Tür. Ihr Magen rumorte heftig, ihr Herz schlug schnell und spürbar. Aber der Anruf würde zumindest die Unsicherheit beenden. Fabio Cantieni meldete sich sofort. Seine Stimme war geschäftsmäßig wie immer.

»Die Testamentseröffnung hat jetzt stattgefunden, die Lage war aber auch so klar. Meine Schwester und ich erben zu gleichen Teilen. Sie möchte das Haus behalten und vermieten, bis sie eine berufliche Möglichkeit sieht, nach Zürich zurückzuziehen.«

Leo spürte, wie eine irre Hoffnung in ihr aufstieg. Bisher hatte sie Niels in ihren Gedanken ganz aus dem Spiel gelassen. Aber vielleicht konnten sie zu zweit das Haus mieten, mitsamt der Werkstatt ... Niels hatte ja in Baden auch nur eine befristete Wohnung.

»Aber wir sind uns schon bei der anzusetzenden Miete nicht einig geworden. Meine Schwester ist mit der Immobiliensituation in der Stadt einfach nicht vertraut. Außerdem möchte ich nach wie vor das Haus verkaufen. Es ist eine alte Schrottbude aus der Mitte des neunzehnten Jahrhunderts, und man müsste unendlich viel Geld in eine Sanierung stecken, die sich nicht lohnt. Auf dem Grundstück kann man nach Abriss ein Mehrfamilienhaus unterbringen. Und jeder Käufer würde so planen. Da meine Schwester mich auszahlen müsste, wenn sie das Haus übernimmt, und sie dazu nicht die finanziellen Mittel hat, richten Sie sich bitte darauf ein, im Laufe des nächsten Jahres aus der Werkstatt auszuziehen. Bis dahin schlage ich eine Monatsmiete von 3200 Franken vor. Es handelt sich ja um einen außerordentlich zentral gelegenen Gewerberaum.«

Leonie blieb stumm. Die jäh aufgeflammte Hoffnung war verschwunden, sie fröstelte und bemerkte erst jetzt, dass sie ohne Mantel nach draußen gestürmt war. Ohne ein Wort drückte sie das Gespräch weg und ging zurück ins Café.

***

»Habt ihr eigentlich schon über Weihnachten nachgedacht?«, fragte Martì, als Sina und Leo ihn zwei Tage später zufällig im Dorf antrafen. »Schon eine Ahnung, wie ihr feiern wollt?«

Sina und Leo sahen sich an.

»Ehrlich gesagt ... nein!«, sagte Sina. »Aber klar, ist ja Dezember ... und gar nicht mehr lange hin ...«

»Also ... ich hab gedacht, wir sind einfach hier«, meinte Leo. »Das wäre doch mal schön, traditionelle katalanische Weihnachten zu feiern.«

»Ja, super! Ich erkläre euch gern, wie das geht!«

Martì schien der Gedanke zu gefallen. Nur Sina runzelte plötzlich die Stirn.

»Wenn du mich schon drauf bringst ... also weiße Weihnachten, *das* wär doch wieder mal was! Mit richtig Schnee! Mit Weihnachtsbaum! Kerzenschein und roten Weihnachtskugeln, Äpfeln, vergoldeten Nüssen ... Zuckerzeug!«

Die beiden anderen sahen Sina überrascht an. Die war selbst über ihren plötzlichen Ausbruch erstaunt.

»Komisch«, sagte sie, »ich hab überhaupt gar nicht gemerkt, wie sehr ich das vermisst habe, seit ich hier unten bin. Aber ich vermisse es total! Weiße Weihnachten! Süßer die Glocken nie klingen ... Leise rieselt der Schnee ...«

Sie stand, plötzlich verzückt, auf dem Dorfplatz von Ginestar. Die alten Männer, die auf der Bank saßen, schauten verwundert. Was war plötzlich in die Ausländerin gefahren? Die Ladenbesitzerin schaute aus dem Laden und tat so, als müsse sie die Zwiebeln in dem großen Korb vor der Tür sortieren.

Aber Leonie, die katalanische Weihnachten eine Superidee fand, wehrte ab.

»Mensch, Sina, wie stellst du dir das vor? Ich hab keine Wohnung mehr in Zürich! Willst du Weihnachten bei deinen Eltern feiern? Oder bei meinen?«

Martì, der die Diskussion losgetreten hatte, mischte sich lieber nicht ein.

»Und wenn Martì uns die katalanischen Weihnachtsbräuche erklärt, könnten wir doch mal ganz anders feiern. Öfter mal was Neues! Ich koche das traditionelle Weihnachtsessen, so wie es hier Brauch ist!«

Leo war voller Energie. Alles, was sie von den Problemen zu Hause ablenkte, kam ihr recht.

Sina schüttelte den Kopf. »Martì kann uns die Bräuche gern erklären. Aber ich hab eine bessere Idee: Wir fahren in die Berge! Berge, Winterwald, Schnee und Weihnachten. Und mit dem Pferdeschlitten ins neue Jahr. Das ist es ... das ist *die* Idee! Ich hab doch grade ein bisschen Geld, ist ein dickes Buch, das ich übersetze, und ich hab einen Vorschuss bekommen.« Sina wirkte plötzlich wild entschlossen.

»Mein Gott, Sina«, sagte Leo, »was ist denn los mit dir?«

Die alten Männer schauten unverwandt herüber und folgten mit den Augen der Diskussion in einer Sprache, die sie nicht verstanden.

»Gar nichts ist los mit mir!«, erwiderte Sina, fast ein bisschen gekränkt. »Ich habe hier nur ein wahnsinnig heißes, trockenes Jahr hinter mir. Ich vertrag ja Wärme und schätze sie auch, aber die Mordshitze, die wir hatten, die hält keiner auf Dauer aus. Und die Eingebung, jetzt einfach mal ein paar Tage mit dir in den Winter zu fahren und mal wieder so richtig – so richtig, verstehst du – Weihnachten zu feiern ... die ist doch genial!«

Leonie war sprachlos. Vielleicht hatte Sina doch mehr Heimweh, als sie zugab? War sie einsam? Wollte sie wieder zurück und es nur nicht zugeben? Leo behielt ihre Fragen für sich und antwortete nur, stolz auf ihre diplomatischen Fähigkeiten: »Also hier auf dem Dorfplatz können wir das jetzt nicht klären. Da müssen wir schon nach Mora, ins Internetcafé, um zu checken, ob und wie und wo in den Bergen überhaupt noch was frei ist. Weihnachten ... da haben die doch Hauptsaison in den Bergen. Aber okay, das machen wir. Wir recherchieren.« Sie sah Martì von der Seite an. »Aber Martì könnte uns trotzdem was über die katalanischen Weihnachten beibringen, oder?«

Sie hätte wirklich gern Weihnachten mit ihm gefeiert. »Ich könnte uns zum Beispiel morgen was Nettes kochen, und Martì weiht uns ein. Du kannst doch nicht hier leben und von den katalanischen Bräuchen keine Ahnung haben, Sina!«

* * *

Leo hätte nicht sagen können, was sie zurückhielt, aber sie scheute sich, Sina nach ihrem Verhältnis zu Martì auszufragen – nach der Enttäuschung mit Robert war Sina verschlossener in Bezug auf ihre Gefühle als sonst. Als sie abends beim Rotwein saßen, war es aber Sina, die fragte: »Warum hast du Niels eigentlich nicht mitgebracht?«

Ja, warum?

»Das hier ist unsere Zeit zusammen. Wir reden anders, wir sind anders, wenn Dritte dabei sind. Und ich weiß noch gar nicht so recht, wie ich zu Niels stehe. Ja, wir kennen uns jetzt ein halbes Jahr, und er gefällt mir.« Sie grinste. »Viel besser, als ich gedacht hätte. Er ist ein toller Musiker, natürlich gefällt mir das. Ich mag seinen Japan-Spleen, seine coole Wohnung, wie er sich die Haare aus der Stirn streicht und, man glaubt es nicht bei so viel Selbstbewusstsein und Ego, er ist ein sehr guter …« Sie unterbrach sich und sagte dann nachdenklich: »Aber vielleicht ist mir das alles ein bisschen zu toll. Zu erfolgreich. Zu glatt. Wie aus dem Prospekt. Und was dahinter alles steckt, das hab ich noch nicht herausbekommen. Ich brauch noch Zeit … ich kenne ihn noch zu wenig ›from the inside‹ …«

»Okay.« Sina nickte. »Aber du weißt schon, dass du immer gesagt hast, dass du Kinder haben willst, oder? Und dein Alter kennst du auch, nehme ich an. Und Sandro? Hast du von dem noch mal gehört?«

»Nein.« Leo schüttelte den Kopf. »Wenn, dann hätte ich mich bei ihm melden müssen. Weil ich doch gegangen bin. Aber wofür? Das macht keinen Sinn. Ich hab einfach nicht gedacht, dass die Unterschiede zwischen zwei Nachbarländern so groß sein können. Also, in der Art und Weise, wie das Paarleben funktioniert, meine ich. Sandro hätte wahrscheinlich mit mir leben können – wenn ich mich wie eine Italienerin verhalten hätte.«

Leonie hatte Sandro in ihrer Zeit in Cremona kennengelernt. Sie war neu in der Stadt, hatte sich verlaufen und suchte auf ihrem Smartphone den Weg nach Hause, einem kleinen Apartment, das sie günstig hatte mieten können. Sandro sprach sie an und erklärte ihr den kürzesten Weg. Die Zeit, die sie dank dieses kürzesten Weges einsparten, verbrachten sie in einer Bar bei einem Espresso, und dann tauschten sie ihre Telefonnummern aus. Sie hatte die Begegnung schon fast vergessen, als er sich meldete und sie fragte, ob sie mit ihm essen gehen wolle. Sie sagte zu. Nicht nur, weil sie sich einsam fühlte. Sandro studierte Jura in den letzten Semestern und interessierte sich für ihre Arbeit. Er selbst, sagte er von sich, war nicht musikalisch und hatte auch keinen Kontakt zur Musikwelt von Cremona. Leo verliebte sich trotzdem in ihn. Sandro war charmant und liebenswürdig, und er war, wenn es das gab, »ihr Typ«, südländisch, dunkel. Das Leben war leicht und fröhlich, sie liebte die italienische Atmosphäre, die Lebenslust der Menschen, das Flanieren auf dem Corso, das gute Essen. Sie hatten beide das Gefühl, aus der Beziehung könnte mehr werden.

Deshalb nahm Sandro sie eines Sonntags mit nach Hause zum *pranzo*, zum Mittagessen im Familienkreis. Sandros Schwester beäugte Leo unauffällig von der Seite, Sandros Vater, Rechtsanwalt, wie es wohl in der Familie Tradition war, war sehr freundlich und aufgeschlossen, und die Mamma kochte vorzüglich. Leonie fand, es sei eine Superfamilie, wusste aber nicht recht, was sie sagen sollte, als Sandro sie wie selbstverständlich am nächsten Sonntag zum Mittagessen daheim abholen wollte.

»Jetzt, wo meine Eltern dich kennen«, lächelte er, »bist du doch schon fast meine *fidanzata*.«

»Ich dachte, wir unternehmen was zu zweit!«, sagte sie verwundert, aber nun war er verwirrt.

»Das ist so bei uns«, sagte er lapidar. »*Siamo in Italia!* Meine Eltern mögen dich! Meine Schwester kommt ja auch immer, und ich könnte meiner Mutter nicht erklären, warum wir nicht kommen. Sie hätte das Gefühl, dass du sie nicht ausstehen kannst! Du kennst meinen Bruder Giuseppe noch nicht, er wohnt mit seiner Frau in Piacenza. Du wirst die beiden sicher bald kennenlernen, sie kommen oft. Aber klar, häufig essen sie natürlich auch bei den Eltern seiner Frau.«

Leonie mochte Sandros Mutter, den Papa, Sandros Schwester und auch die herrenlosen Katzen, die unten im Hof warteten, bis die Mamma nach dem Essen die restlichen Spaghetti in einem Körbchen an einer Schnur herunterließ; das Katzenvolk angelte dann manierlich alles mit den Pfoten aus dem Körbchen. Leonie war in Sandro verliebt, ja, und sie war auch in Italien verliebt.

»Aber weißt du«, sagte sie zu Sina, »so ein enges Familienleben bin ich einfach nicht gewöhnt. Ich hab gedacht, wir verbringen das Wochenende zu zweit, unternehmen was, vielleicht mit Freunden, gehen aus ... Aber die Freunde waren sonntags auch bei ihrer Familie. Und da lief es wahrscheinlich so ähnlich ab wie bei Sandro. Nach dem Essen blieben wir Frauen unter uns, gingen in die Küche, tratschten, während der Fernseher lief und die Männer Zeitung lasen und Fussball sahen. Ich konnte mich nicht daran gewöhnen! Das war vielleicht blöd von mir, ich sah Sandro ja während der Woche allein, und am Freitag oder Samstag gingen wir ja auch aus. Aber dann stellte ich mir vor, wie es wäre, wenn wir Kinder hätten. Erwartete Sandro von mir, dass ich dann auch so wie die Mamma hätte werden sollen, obwohl er beteuerte, natürlich nicht! Meine Mutter ist gern zu Hause, hat er beruhigend gesagt, und du hast einen Beruf, der dir gefällt. Natürlich sollst du arbeiten, wenn du Lust darauf hast. Aber Sina, ich habe angefangen, daran zu zweifeln. Ich hab ja die jungen Familien rundherum gesehen und wie die jungen Frauen sich in italienische Mütter verwandeln, ob sie nun arbeiten oder nicht. Und wie die Männer über Nacht zum *marito* werden, der nichts auf die Mamma seiner Kinder kommen lässt, aber auch gern mal allein und öfter mit seinen Freunden ausgeht und die Augen schweifen lässt.«

Sie schwieg. Sina wusste ja, wie die Geschichte ausgegangen war.

Leo war in die Schweiz zurückgekehrt. Sandro und sie hatten noch ein, zwei vergebliche Anläufe genommen, zusammenzubleiben. Seitdem war sie solo gewesen. Bis Niels ihr sein bestes Stück anvertraut hatte.

***

Leonies stille Hoffnungen auf gemütliche Weihnachten in Spanien schwanden mit jedem energischen Mausklick. Sina war immer noch Feuer und Flamme für weiße Weihnachten in den Bergen.

»Das sieht gar nicht so schlecht aus«, rief sie triumphierend, deutete auf eine Webseite, die sie gerade geöffnet hatte, und nahm einen Schluck von ihrem *Café con leche*. Und dann kam ihr die Erleuchtung. Sie klappte den Laptop zu und rief begeistert: »Leo, ich hab's! Wir fahren nach Bergün! Erinnerst du dich? Da waren wir mal zum Skifahren mit meinen Eltern, als wir so zehn oder zwölf waren. Sie haben dich eingeladen, damit ich mich nicht so mit ihnen langweile. Weißt du noch? Und dort gab es dieses riesige Hotel, wie ein Märchenschloss sah das doch aus, ganz verwunschen, wie aus einem Bilderbuch. Wir waren in einer Ferienwohnung, aber wir waren fasziniert von dem alten Kasten, der eigentlich viel zu groß war für so ein Dorf, aber so geheimnisvoll schön. Erinnerst du dich?«

Leonie kramte in ihren Gedanken, während Sina den Laptop wieder öffnete und schon dabei war, Bilder und Hotels in Bergün aufzurufen.

»Da!«, triumphierte sie. »Ich hab's gefunden!«

Ja, Leo erinnerte sich. Das waren wirklich wunderbare Ferien gewesen. Und richtig, damals hatten sie sich geschworen, einmal im Leben im *Kurhaus* zu übernachten, unbedingt, später, wenn sie groß wären. Und sie, Leonie hatte feierlich hinzugefügt: »Und dann heiraten wir dort im riesigen Festsaal. Wie Prinzessinnen!«

Sina lachte. »Warum nicht? Ist doch immer noch eine gute Idee, oder? Aber guck mal hier, es gibt noch Platz, kaum zu glauben. Also, ich lade dich ein und buche jetzt sofort!«

Leo protestierte, aber Sina war schon dabei, ihre Angaben einzutippen, und beim zweiten Kaffee war die Sache geritzt.

»Gebucht!« riefen beide gleichzeitig, und Leonie war nicht nur überstimmt, sondern endlich selbst mitgerissen von der Aussicht, einen alten Kindertraum doch noch wahrzumachen, wenigstens zum Teil, denn eine Heirat stand weder bei Sina noch bei ihr im Kalender.

Schade nur um die katalanischen Weihnachten.

15

Am Nachmittag stürzte Leo sich ins Kochen. Sie hatte die langen braunen Haare zu einem Knoten hochgebunden und sah sehr konzentriert aus. In ihrer Zürcher Küche war nicht grade eine freie Entfaltung möglich gewesen, aber hier konnte sie sich ausbreiten. Eine katalanische Zarzuela sollte es werden, und auf dem Markt hatten sie gekauft, was sie dazu brauchten: Filets von verschiedenen Fischen, Muscheln, Garnelen, Paprika und Tomaten. Die übrigen Zutaten hatten sie im Haus, den Thymian pflückte Sina draußen, und für den nötigen Fischfond hatten sie der Einfachheit halber auf den Supermarkt zurückgegriffen. Auf dem alten Holztisch prangten die Zutaten, und der Duft zog durchs ganze Haus, als Martì hereinkam. Er schnupperte, sah in den Topf auf dem Herd und lachte.

»Wollt ihr heute schon Weihnachten feiern? Das, was ich da sehe, sieht jedenfalls nach einem Festessen aus. Zarzuela! Ist auch Safran dran? Lorbeer und Paprikapulver?«

Leonie nickte. »Was denkst du denn! Mandeln nicht zu vergessen ...« Sie strich sich eine Strähne aus der Stirn und prustete. Ihre Wangen waren gerötet, ihre braunen Augen blitzten. »Ganz schön anstrengend«, meinte sie, »aber gleich ist es so weit. Mach ruhig schon mal den Wein auf, den du mitgebracht hast. Ich hab mir allerdings schon beim Kochen ein Gläschen Cava genehmigt. Beim Kochen schmeckt er mir immer am besten.«

Martì entkorkte den Wein und sah sich suchend um. »Und wo ist Sina?«

»Die macht sich noch schön«, sagte Leo, schnitt Weißbrot auf, röstete es auf der heißen Ofenplatte und stellte Oliven auf den Tisch.

Dann kam Sina herein. Sie hatte die Haare gewaschen, frisch kräuselten sich die blonden Löckchen um Stirn und Ohren, ihr Gesicht war leicht gerötet, und sie sah wirklich bezaubernd aus. Wenn sie lachte, verengten sich ihre leicht schräg stehenden Augen zu schmalen Sicheln, ihr ganzes Gesicht löste sich in ein Strahlen auf, das einfach auf jeden ansteckend wirkte. Sie zündete ein paar Kerzen an, denn auch in Spanien sind im Winter die Tage kurz und die Nächte lang, und das Kerzenlicht verstärkte den Eindruck, dass es gemütlich warm war und bald an der Zeit, Weihnachten zu feiern. Im Ofen knisterten die verglühenden Holzscheite, sie stießen mit dem Cava auf die katalanischen Weihnachten an, der Schaumwein perlte sanft in den Gläsern, und Martì begann zu erzählen.

»Auch wenn ihr dieses Jahr nicht dabei seid, vielleicht feiern wir ja im nächsten Jahr zusammen! Also, wenn wir hier beim Essen sitzen, fange ich auch mit dem Essen, dem traditionellen Weihnachtsessen an. Ohne Tapas geht bei uns gar nichts, das wisst ihr. Aber an Heiligabend gibt es traditionellerweise eine Suppe, eine Hühnersuppe zum Beispiel oder eine Fischsuppe. Danach essen wir dann aber doch kalte Tapas wie *pa de fetge*, etwas Ähnliches wie eure Leberwurst, Schinken und *fuet*, so nennen wir die Salami, Käse und gekochte Meeresfrüchte. Im Allgemeinen wird an Heiligabend etwas einfacher gegessen, weil alle noch herumstressen. Ich glaub, das ist bei euch ähnlich – essen nicht viele Leute am Heiligabend Wiener Würstchen und Kartoffelsalat? –, jedenfalls, das Festessen gibt es dann am ersten Weihnachtstag. Die *escudella amb galets i pilota* ist ein absolutes Muss, eine Fleischbrühe aus reichlich Fleisch und Gemüse, mit großen muschelförmigen Nudeln mit Hackfleischfüllung. Die Nudeln schwimmen wie schwerbeladene Boote in der Suppe, und die Kinder passen höllisch auf, dass alle gleich viele bekommen! Danach gibt es fast immer einen Braten, einen *gall negre* zum Beispiel, einen schwarzen Hahn, oder einen *capó Pota Blava*, einen Kapaun, der ist fetter und hat mehr Fleisch. Viele Hausfrauen füllen ihn mit Wurst, Speck, getrockneten Pflaumen und Pinienkernen.«

Sina und Leo zogen eine Grimasse, als wollten sie sagen, puh, ganz schön fleischlastig.

Allerdings, musste Leo zugeben, ist der traditionelle deutsche Gänsebraten auch nicht viel leichter zu verdauen.

»Ja, ja!«, machte Martì. »Wir essen viel Fleisch, Wurst, Schinken – wenn wir nicht Fisch essen. Katalonien ist beides, Bauernland und Küstenland, aber es stimmt schon, die Küche ist ziemlich derb und schwer. Aber ...«, fügte er kokett an, »so fett bin ich doch auch wieder nicht, oder?« Doch er fischte vergeblich nach einem Kompliment.

»Und was ist mit den Süßigkeiten?«, fragte Sina, die sich keine Mahlzeit und schon gar nicht Weihnachten ohne einen süßen Abschluss vorstellen konnte.

»Auch da wird nicht mit Kalorien gegeizt«, schmunzelte Martì.

»Weihnachten ist nicht Weihnachten ohne *Torrò*, spanisch *Turrón* – ich habe eine Tafel davon mitgebracht. Zum Nachtisch. Ich hoffe, ihr habt einen Brandy hier, zu dem ist der weiße Nougat einfach ...« Er machte ein verzücktes Gesicht.

»Haben wir nicht. Aber ein Espresso passt vielleicht auch nicht schlecht?«, sagte Sina und lehnte sich satt und wohlig zurück. Ein warmes Licht umgab sie alle drei, und auch Leo entdeckte weihnachtliche Gefühle in sich.

»Ja, Espresso ist auch gut, aber lasst uns erst rausgehen und die Sterne betrachten!«

Es war eine kalte Nacht, in kleinen Wölkchen stand der Atem vor den drei Gesichtern, die hoch zum Himmel blickten. Die Sterne funkelten dort oben um die Wette, der Mond stand als Sichel unter ihnen, und die Zweige der alten Pinien zeichneten sich schwarz vor der großen Weite des Universums ab. Leonie fröstelte, und Martì legte ihr seinen Pullover um die Schultern.

Sina hatte sich vorsorglich in eine Decke gewickelt, sie wusste, wie kalt die Nächte hier oben werden konnten. Alles war still, kein Laut war zu hören, nicht einmal ein Fuchs strich durch knackendes Unterholz. Merkwürdig, dachte Sina, das ist doch ziemlich feierlich, und sie streifte Martìs Arm und lächelte ihm im Dunkeln zu. Er umarmte sie schnell und leicht, drückte sie flüchtig an sich, räusperte sich und sagte: »Wie wäre es jetzt mit dem Nachtisch? Mir wird langsam kalt hier draußen!«

Schweigend gingen sie hinein. Sina legte Holz nach und setzte den Kaffee auf, auf einmal schienen sie alle drei auf merkwürdige Art verlegen.

»Wollt ihr noch wissen, welcher Silvesterbrauch bei uns üblich ist?« Martì wartete die Antwort nicht ab, sondern legte eine Dolde Weintrauben auf den Tisch.

»Wenn an Silvester die Uhr zwölf schlägt, müssen alle zu jedem Glockenschlag eine Weintraube essen. Das ist gar nicht so einfach, probiert mal ...«

So ging der Abend mit ausgelassenem Gelächter zu Ende. Klar, dass Martì der Sieger war.

»Übung«, lachte er. »Alles Übungssache.«

***

Am anderen Morgen blinzelte Leo verschlafen in die Sonne, die direkt durch das Fenster auf ihr Bett schien. Der Boden draußen glitzerte im Raureif, aber man konnte zusehen, wie die Sonne ihn aufleckte.

Leo wickelte sich in eine Wolldecke und ging in die Küche, um sich einen ersten Tee zu machen. Besonders gut hatten sie nicht mehr aufgeräumt, ganz offensichtlich war gefeiert worden. Aber was stand da Merkwürdiges auf dem Tisch? Ein Stück Holz mit rauer Rinde, dem auf die Schnittfläche ein freundliches Gesicht aufgemalt war. Und obendrauf saß eine rote Zipfelmütze! Das merkwürdige Ding schaute Leo freundlich an.

Sie beugte sich zu ihm hinunter und sah, dass der kleine Holzklotz auf einem Zettel stand. Darauf war gekritzelt: »Ich bin der *tió*! Bitte füttert mich jeden Tag mit Brot, damit ich nicht hungere, und deckt mich mit einem Deckchen zu, damit ich nicht friere. Dann bringe ich euch am Weihnachtsabend auch Geschenke!«

Leo kicherte, lachte dann laut los, und Sina rief von ihrer Galerie herunter:

»Guten Morgen! Was ist los?«

»Komm mal runter! Wir haben Familienzuwachs bekommen!«, rief Leo.

Später klärte Martì sie auf. »Tut mir leid, hab nicht viel Zeit, aber so viel kann ich euch schnell am Telefon sagen: Wir haben keinen Weihnachtsmann, wir haben eben den *tió*, unseren Holzklotz, der die Geschenke ›kackt‹. Am 8. Dezember, an Mariä Empfängnis, kommt er zu den Kindern, und an Weihnachten belohnt er alle, die gut für ihn gesorgt haben. Alle singen das Weihnachtslied *Caga tió* – Holzklotz, nun rück's heraus –, um ihn dazu zu bringen, die Geschenke freizugeben, manchmal kriegt er auch Schläge mit einem Stock, und so fallen unter der Decke, die über ihn gebreitet war, die Geschenke heraus. Bonbons, Nougat, Schokolade, kleine Spielsachen ... Und natürlich singen alle unser berühmtes katalanisches Weihnachtslied *El Cant dels Aucells*, in dem die Vögel die Geburt des Jesuskinds besingen. Es ist fast so was wie die geheime Nationalhymne der Katalanen, seit der berühmte Cellist Pablo Casals im Exil seine Konzerte mit diesem Stück begann.«

»Ach, das muss ich mir mal anhören«, sagte Leo, »vielleicht gibt's das auf Youtube.«

Aber Sina wunderte sich noch über den *tió*. »Ich dachte immer, die Bescherung ist hier am Dreikönigstag«, meinte sie.

»Da gibt's noch mal Geschenke«, entgegnete Martì. »Die richtigen, großen! Die Kinder schreiben ihren Wunschzettel nicht an den Weihnachtsmann, sondern an die Heiligen Drei Könige, die haben ja dem Jesuskind die Geschenke gebracht. Am fünften Januar füllen die Kinder ihre Schuhe mit Stroh und stellen Wasser daneben, für die hungrigen und durstigen Kamele der drei Könige, und als Dank dafür stehen am anderen Morgen die erhofften Geschenke da. Sorry, aber jetzt muss ich hier weitermachen«, sagte Martì. »Sehe ich euch noch mal, ehe ihr losfahrt? Wann fahrt ihr? Wann kommst du zurück, Sina? Und Leo, kommst du dann auch noch mal mit?«

»Wir haben ab dem 20. Dezember in Bergün gebucht«, antwortete Sina. »Wir fahren in zwei Etappen, mit einer Übernachtung. Deshalb wollten wir morgen früh los. Du weißt ja, mein altes Schätzchen muss pfleglich behandelt werden, sonst bricht er mir mal auf offener Straße zusammen ... und ja, Leo kommt wieder mit hierher zurück, nehme ich an. Leo?«

Leonie nickte.

»Ja, sie will wieder mit herkommen.«

»Dann gute Fahrt. Und frohe Weihnachten!«

Das klang ziemlich matt, fast traurig und plötzlich merkwürdig kurz angebunden. Was hatte Martì? Freute er sich nicht auf *seine* Weihnachten?

»Dir und Maria auch!«, rief Sina und legte auf.

»Ich wusste gar nicht, dass er eine Freundin hat«, sagte Leo. »Die hast du noch gar nicht erwähnt. Sonst hätten wir sie doch mit zur Zarzuela einladen können! Magst du sie nicht?«

Sina wich aus. »Ich hab dir doch gesagt, dass er nicht frei ist. Schon vergessen? Martì und ich treffen uns meistens allein. Ich kenne Maria nur vom Sehen, ehrlich gesagt, ich war noch nie bei ihnen zu Hause. Irgendwie wohnen sie mal zusammen und mal nicht ...«

Leo fragte nicht weiter nach, obwohl ihr die Geschichte merkwürdig vorkam. Aber wenn sie am nächsten Morgen fahren wollten, mussten sie jetzt packen.

»Und wer schaut nach den Hühnern ...«, wollte sie noch fragen, aber da klingelte ihr Handy.

Die Nummer auf dem Display sagte ihr nichts.

Es war Marisa. Brunos Tochter.

Sie könne sich vorstellen, sagte sie, wie ihr Bruder sich Leonie gegenüber verhalten habe, und es sei ihr wichtig, ihr auch ihre eigene Sicht der Dinge darzulegen.

»Ich möchte, dass Sie wissen, dass mein Vater mit mir auch über Ihre Zukunft gesprochen hat. Als ich bei ihm zu Besuch war, hat er sich vehement gegen einen Verkauf des Hauses ausgesprochen und sich beklagt, dass mein Bruder ihn bedrängt. Mir geht es ja ebenso – ich würde das Haus gern in der Familie halten. Mein Vater kann es Ihnen nicht mehr sagen, aber ich möchte es Ihnen sagen: Es war wirklich sein Wunsch, dass Sie die Werkstatt eines Tages übernehmen und an diesem Ort bleiben können, der für so viele Musiker und Musikfreunde über Jahre zu einer Anlaufstation geworden ist. Leider hat mein Vater sein Testament nicht mehr überarbeiten können, und ich weiß auch nicht, ob das juristisch regelbar gewesen wäre. Mein Bruder und ich, wir sind ja gleichberechtigte Erben, und letztlich müssen wir uns einigen. Ich fürchte, das Haus wird verkauft werden. Ich kann meinen Bruder für seine Hälfte nicht auszahlen, so viel Geld habe ich nicht. Aber ich habe durchgesetzt, dass Sie in der verbleibenden Zeit keine Miete zahlen müssen. Leider müssen Sie damit rechnen, dass so ein Verkauf schnell über die Bühne geht ...«

Leo nickte und merkte in ihrer Verwirrung erst ein paar Sekunden später, dass Marisa Cantieni ihr Nicken nicht sehen konnte.

»Vielen Dank für Ihren Anruf«, sagte sie. »Ich danke Ihnen wirklich sehr. Ich mochte Bruno, ich bin sehr traurig über seinen Tod. Es bedeutet mir viel, dass etwas von unserer gegenseitigen Freundschaft und Wertschätzung mich über Sie jetzt noch erreicht. Ohne das, was Sie mir gerade gesagt haben, wäre es ein sehr trauriger und abrupter Abschied von der gemeinsamen Zeit gewesen. Und natürlich hilft es mir, dass ich mich in Ruhe nach einer neuen Werkstatt umsehen kann, ohne von der Miete belastet zu sein. Ich hätte sie auch nicht aufbringen können, davon abgesehen ...«

»Was wollte mein Bruder denn haben?«, fragte Marisa.

»3200 Franken«, antwortete Leo.

Am anderen Ende blieb es still. Offenbar hatte Fabio ihr die Summe gar nicht genannt.

»Es ist eine Schande«, sagte Marisa schließlich. »Ich schäme mich. Vielleicht können wir uns mal treffen, wenn ich in Zürich bin. Ich würde gern mehr darüber hören, wie Sie meinen Vater erlebt haben, als Lehrmeister und Kollegen und überhaupt ... Ich hatte ein sehr enges Verhältnis zu ihm.«

Leo nickte wieder, besann sich und sagte: »Ich erzähle Ihnen gern von ihm.«

16

Der Regen trommelte mit solcher Kraft gegen die Scheiben, dass Leonie aufwachte und sich verwirrt fragte, wo sie war. Der Wind pfiff und peitschte ums Haus, als wären die Gespenster um Mitternacht aus ihren Gräbern gestiegen und rund um die sieben Terrassen unterwegs. Leo setzte sich erschrocken im Bett auf, oben auf der Galerie ging das Licht an – auch Sina war vom Sturm aufgewacht.

Dann hörte man sie die Treppe herunterkommen.

»Himmel, das hat uns noch gefehlt«, murmelte sie. »Ich mach uns mal einen Tee. Manchmal stürmt es gewaltig hier oben. Hoffentlich bleiben die Ziegel auf dem Dach!«

Der Heißwasserkessel summte, und wenig später setzte sich Sina zu Leonie auf die Bettkante und drückte ihr eine Tasse mit dampfendem Tee in die Hand.

Die Heftigkeit des Regens ließ allmählich nach. Sina sah in die Schwärze hinaus, stand plötzlich auf, ging zur Haustür und öffnete sie einen Spalt.

»Ach du lieber Himmel!«, rief sie. »Leo, das ist Schneeregen! Das hat uns gerade noch gefehlt! Fühl mal!« Sie kam zurück und legte Leo die nasse, kalte Hand auf den Arm. »Schauen wir mal, wie das morgen früh aussieht. Möglich, dass wir in einer weißen Landschaft aufwachen! Ist ziemlich selten, kommt aber vor! Lange bleibt der Schnee meist nicht liegen ... Aber schauen wir, welcher Anblick uns morgen früh erwartet.«

Sina verschwand auf der Galerie, und Leo versuchte, wieder einzuschlafen. Von oben kam leises Gemurmel aus dem Radio. Sina hörte Nachrichten.

***

Am Morgen war der Sturm abgeklungen, der wässrige Schnee war nicht liegengeblieben, aber die Terrasse war übersät mit abgebrochenen Zweigen, die der Wind von den Bäumen gerissen hatte. Leonie fröstelte, es war kalt im Haus. Sie zog den Mantel über, setzte Kaffee auf und wartete auf Sina. Es machte keinen Sinn, den Ofen noch anzuheizen, denn sie wollten so früh wie möglich los.

Sina war guter Dinge. »Los geht's!«, sagte sie. »Was meinst du, schmieren wir uns noch eine Stulle für unterwegs? Dann ist der Rest Käse und Schinken auch weg ...«

Das Gepäck war schnell verstaut. Sina setzte sich ans Steuer, Leo breitete erwartungsvoll eine Landkarte auf den Knien aus. Auch wenn Sinas altes Auto schon ein GPS gehabt hätte, hätte sie auf der Karte verfolgen wollen, wo sie waren. Sie hatte gern den größeren Überblick und liebte die Anschaulichkeit von Reisekarten. Daran hatte auch die Satellitentechnik nichts geändert.

Sina schnallte sich an und drehte den Schlüssel im Schloss. Nichts. Sie atmete tief durch, sagte gar nichts und versuchte es wieder. Nichts. Stille. Schweigen. Tiefes Durchatmen. Dritter Versuch.

»Und jetzt?«, sagte Leo, als das Auto nicht den geringsten Mucks machte.

Sina schwieg. In ihrem Kopf arbeitete es an Plan B.

»Vielleicht rufst du Martì an?«, schlug Leo vor. »Vielleicht könnte er mit anschieben? Oder überbrücken, bis die Batterie wieder anspringt? ...«

Sina nickte langsam. Viele andere Möglichkeiten gab es nicht. Die Nachbarn hatten gestern gesagt, dass sie über Nacht und den heutigen Tag weg sein und die Hühner erst am Abend würden füttern können. Und ehe sie bei der Tankstelle anrief, die sich an der Straße nach Mora in einigen Kilometern Entfernung befand, versuchten sie es vielleicht wirklich am besten bei Martì.

Es dauerte, bis er ans Telefon ging. Sina hatte ihrem Anruf zwei eilige Messages hinterhergeschickt. Dann rief er zurück.

Ja, er könne kommen und schauen, was sich machen ließe. Andernfalls müssten sie sich mit dem Mann von der Tankstelle beraten ...

Eine halbe Stunde später war er da. Sinas Auto wollte auch auf seine Versuche nicht reagieren, das Anschieben blieb genauso erfolglos.

Martì dachte eine Weile nach. Dann sagte er: »Ich kann es versuchen, aber ehrlich gesagt habe ich wenig Hoffnung, dass die Autowerkstatt in Mora das Auto so kurz vor Weihnachten noch reparieren wird. Ich war letzte Woche da, da wussten sie nicht, wo ihnen der Kopf steht. Sie schließen am 22. für die Feiertage.«

Sina gab jedoch nicht so schnell auf. »Also ein Mietauto ...«

Martì schüttelte den Kopf. »Nein, damit könnt ihr doch nicht ins Ausland! ... Aber ...« Er schien noch einmal kurz nachzudenken, dann sagte er: »Aber ich könnte euch mein Auto für ein paar Tage leihen. Ich muss nirgends hin, ich bleibe da über Weihnachten und Neujahr. Keine Pläne ... keine Pflichten.«

»Bleibt ihr die ganzen Tage da?«, fragte Sina erstaunt. »Habt ihr gar nichts vor, Maria und du?«

Martì schüttelte den Kopf, er schien nicht besonders zum Reden über sein Weihnachten aufgelegt.

»Aber ihr seid doch sicher bei beiden Familien!«, bohrte Sina nach.

»Nein«, entgegnete er unwillig. »Maria und ich haben uns getrennt.«

»Jetzt, vor Weihnachten?«, fragte Leo ungläubig dazwischen.

»Ja. Jetzt vor Weihnachten.«

Sie schwiegen alle drei.

»Und was machst du dann jetzt?«, fragte Leo.

»Nichts. Ich gehe an Heiligabend zu meinen Eltern, so wie meine Geschwister und ich das immer getan haben.«

»Und wir sollen dein Auto nehmen? Und dich hierlassen? Willst du nicht lieber mitkommen, mit deinem Auto?«

Stille.

Sina runzelte die Stirn. Leo im Alleingang. Andererseits: Langwierige Absprachen unter ihnen beiden waren in der Situation nun wirklich nicht möglich. Wollte sie, Sina, dass Martì mitkam?

Schwierige Frage. Eigentlich ja. Aber war das klug? Ihn so nah zu haben ... Andererseits: Er war offenbar nicht mehr mit Maria zusammen. Trotzdem. Vielleicht hatte Maria sich getrennt, und er liebte Maria nach wie vor ...

Aber was soll's, dachte sie. Leo machte alle ihre Überlegungen gegenstandslos. Aus Leos Sicht war der Vorschlag völlig harmlos, sie konnte ja nicht wissen, dass sie und Martì ...

»Ja«, sagte Sina und wandte sich Martì zu. »Leo hat recht. Komm mit. Wir fahren bei dir vorbei und holen deine Sachen.«

Martì sah von der einen zur andern.

»Meint ihr das ernst? Also, richtig ernst?«

Die Frauen nickten.

»Ja, also ... dann laden wir euer Gepäck mal um in mein Auto«, sagte er lächelnd, aber auch etwas unsicher, weil er sich immer noch nicht ganz sicher war, ob sie meinten, was sie sagten.

* * *

Sina warf der eigenmächtigen Leo heimlich muffige Blicke zu, aber Martì hupte, als führe eine Hochzeit durchs Dorf, und auf ging es Richtung Schweiz. Im *Kurhaus Bergün* hatten sie auf telefonische Anfrage noch ein Einzelzimmer, das sie entschuldigend als Besenkammer bezeichneten. Die Anfrage komme halt wirklich sehr spät, und das sei sozusagen das Zimmer für Notfälle. Martì hob begeistert den Daumen, und nach den schnellen neuen Entscheidungen wurde es erst einmal still im Wagen. Leonie hatte Gewissensbisse, was ihren Alleingang betraf. Martì konzentrierte sich auf die Straße, denn das Wetter war immer noch stürmisch, obwohl Besserung angesagt war, und in Sina tobte das Gefühlschaos.

Natürlich, Leo hatte keine Ahnung, von daher traf sie auch keine Schuld, aber ihre Einladung an Martì verärgerte Sina trotzdem. Niemand wusste davon, doch Sina und Martì hatten im letzten Jahr eine kurze, aber ziemlich leidenschaftliche Affäre gehabt. Damals war Martì schon mit Maria zusammen gewesen, mehr noch, Maria und er hatten gerade eine gemeinsame Wohnung bezogen. Er hatte Maria Sina gegenüber nur flüchtig erwähnt, und da er weder verlobt noch verheiratet war, trug er auch keinen Ring. Zugegeben, es war Sina, die angefangen hatte, mit ihm zu flirten, wenn sie sich wegen des Grundstückes oder des Hauses trafen. Martì war der Umworbene und, auch das musste Sina zugeben, er war ein sprödes Objekt der Begierde gewesen. Nein, er hatte es nicht darauf angelegt, sie zu erobern. Und gerade das hatte ihr gefallen.

Ihre gescheiterte Ehe hatte sie verunsichert. Sie hatte sich damals viel zu schnell in eine enge Beziehung mit Robert gestürzt! Sie hätte doch gleich erkennen müssen, dass er auf jeden Fall vor allem seine eigene Karriere im Blick hatte, er hatte das ja auch nie geleugnet. Im Gegenteil! Er hatte ihr gleich zu Beginn gesagt, er wolle gern als Korrespondent im Ausland arbeiten, wo immer das wäre. Wie hatte sie annehmen können, dass er davon abrücken würde, nur weil sie selbst eine Stelle in Zürich gefunden hatte? Gut, das hatte sie auch nicht verlangt. Trotzdem war seine Reaktion erwartbar gewesen. Und die Kinderfrage! Für sie war es klar, dass sie Kinder wollte. Robert war nicht dafür und nicht dagegen gewesen. Wenn du möchtest, hatte er gesagt, warum nicht. Sie hatten schon vor der Heirat darüber gesprochen, und Sina, in ihrer Verliebtheit wie vor den Kopf geschlagen, hatte sich nicht zusammenreimen können, dass er Kinder als Sache seiner künftigen Frau betrachtete. Konnte sie ihm einen Vorwurf machen? Er hatte sie nicht angelogen. Nie. Er hatte ganz klar gemacht, wie er sein Leben sah, und sie gefragt, ob sie es teilen wollte.

Wie blöd war sie gewesen anzunehmen, dass sich alle Differenzen schon von allein in *ihrem* Sinn lösen würden, wenn sie verheiratet wären. Aber das war nicht einmal Berechnung gewesen, sie hatte einfach auf die Liebe vertraut und darauf, dass die Liebe schon eine Lösung findet, wenn es drauf ankommt. Nur hatte sie übersehen, dass es in einer Beziehung zwei Menschen gibt, und dass jeder Mensch auf seine eigene Weise liebt. Und lag nicht etwas unangenehm Manipulierendes darin, davon auszugehen, dass der andere dann schon dahin zu bringen sein wird, wo man ihn hinhaben will?

Danach war sie vorsichtig geworden, zuallererst, weil sie enttäuscht von sich selbst war. Weil sie sich nicht mehr über den Weg traute. So etwas sollte ihr nicht noch einmal passieren. Der Umzug nach Spanien erwies sich als richtig für sie. Sie war gern allein und kam gut mit dem Alleinleben zurecht. Sie mochte das Land mit jedem Tag mehr, sie liebte ihr Haus, den weiten großartigen Blick in die Landschaft, die etwas Wildes, Unverbrauchtes hatte, und sie hatte Arbeit. Genug, um auf bescheidene Weise gut zu leben. Durch das Übersetzen blieben die alten Kontakte erhalten, Freunde kamen gern zu Besuch in ihre »Wildnis«, und sie genoss das Wiedersehen und die Abwechslung.

Sie hatte gar nicht bemerkt, wie die alten Wunden langsam heilten. Dass sie immer seltener über die Gründe für das Scheitern ihrer Ehe nachgrübelte, dass das Leben, für das sie sich ganz allein und mit einem radikalen Schnitt entschieden hatte, ihr nicht nur gefiel, sondern auch ihr Vertrauen in sich selbst unmerklich wiederaufgebaut hatte.

Das alles war so allmählich vor sich gegangen, dass sie sich nicht einmal gewundert hatte, als sie in Martìs Anwesenheit auf einmal wieder die berühmten Schmetterlinge im Bauch hatte. Dass sie Anstalten machte, ihn zu erobern. Sie ging zum Friseur. Sie kaufte neue Klamotten in Reus und leckeres Essen in Tortona. Sie lackierte sich die Nägel, auch wenn das nicht gerade praktisch war. Sie räumte die großen

Steine aus dem Gelände, als sei sie stark wie Atlas, der die Weltkugel trägt. Sie war witzig und gut gelaunt, und Martì blieb eines Abends einfach da.

Sina sprühte vor Lebenslust, Martì zeigte Tiefen, in die sie sich gern gestürzt hätte. Aber dazu kam es nicht.

»Ich kann nicht«, sagte er eines Abends, wenige Wochen später, und zog sie an sich. »Ich habe dir doch von Maria erzählt. Aber ich habe dir nicht gesagt, dass wir schon einige Jahre zusammen sind, uns immer wieder getrennt und wieder versöhnt haben. Es ist nicht lange her, da haben wir beschlossen, es jetzt noch einmal zu versuchen und zusammenzuziehen. Ernst zu machen. Ich hätte dir das sagen müssen. Gleich. Es ist der denkbar schlechteste Moment für das, was wir hier angefangen haben. Wir müssen aufhören damit. Ich muss aufhören damit. Das bin ich Maria schuldig und auch mir.«

Sina sah ihn ungläubig an. Es kam ihr nichts in den Sinn, was sie hätte sagen können, also sagte sie nichts.

»Sag etwas!«, bat er.

Aber sie schüttelte nur wie im Traum den Kopf.

Da hatte er sie zärtlich geküsst, seine Jacke genommen und war gegangen.

Seit diesem Abend gingen sie sich aus dem Weg. Ganz war das nicht möglich, man traf sich einfach im Dorf und bei bestimmten Anlässen, und manchmal hatte sie auch Fragen oder Probleme, bei denen er am besten helfen konnte. Aber sie gingen vorsichtig miteinander um.

Keiner von beiden wollte etwas falsch machen, den anderen kränken oder ermutigen. Immer schön im freundlich Ungefähren bleiben.

Durch Leonies Besuch war dieses Arrangement aus der Balance geraten. Leo mochte Martì vom ersten Augenblick an, das sah Sina sofort, und hatte, ahnungslos und arglos, versucht, ihn möglichst oft zu treffen und einzubeziehen. Beides versetzte Sina in Unruhe. Sie wollte Martì nicht mehr so stark in ihr Leben lassen, und gleichzeitig regte sich Eifersucht, als sie Leos Begeisterung für Martì bemerkte. Da war sie ja fast schon wieder froh, dass er nicht frei war! Auch diesen Gedanken wollte sie mit der Weihnachtsreise nach Bergün entfliehen. Fröhliche, unbelastete Tage mit ihrer Lieblingsfreundin in den Bergen. Das war doch *der* Ausweg! Und da lädt diese Leonie Martì wie selbstverständlich ein, mitzukommen. Das war doch zum Haareraufen.

Sina saß hinten im Auto und machte ein unzufriedenes Gesicht.

Und das war ja nicht alles! Leo hatte den Vorschlag ja gemacht, weil Martì *allein* war. Keine Maria mehr. Ein Mann, der wieder frei war. Sina sah aus dem Fenster. Bald würden sie in Tarragona sein. Der Himmel klarte langsam auf, erste hellblaue Flecken zeigten sich in den Wolken. Na gut, dachte sie. Am besten mache ich gar nichts. Das Schicksal wird's schon richten. Oder auch nicht.

Plötzlich ließ sich Martì vernehmen: »Ich hab mir überlegt, wie ich euch trotzdem noch ein bisschen katalanische Weihnachten zeigen könnte, so am Wegesrand mitgenommen. Eine Tradition bei uns sind die ›lebenden Weihnachtskrippen‹, sie sind vor allem im Hinterland der Küste beliebt. Da wird die Weihnachtsgeschichte nachgestellt, von Laien oder Schauspielern, in Kostümen, wie man sie sich so für die Geburt Jesu vorstellt. Gleich hier in der Nähe gibt es solche *pesebres catalanes*, eine bekannte zum Beispiel in La Pobla de Montornés. Erst dachte ich, wir könnten schnell dort vorbeifahren, aber ich glaube, es ist besser, erstmal ein Stück voranzukommen. Außerdem ist das Ganze natürlich viel schöner in der Dämmerung, bei Einbruch der Dunkelheit.«

Die beiden Frauen stimmten zu, aber das Interesse war geweckt. Vor allem Leo war begeistert von einem Umweg über die katalanischen Weihnachten.

»Was wir machen könnten«, fuhr Martì fort, »wir könnten nördlich von Barcelona mal ins Landesinnere abstechen. In der Region Osona, in der Nähe von Vic, gibt es den berühmten Weihnachtsmarkt von Espinelves oder besser eine Messe, eine Weihnachtsbaum-Messe. Sie dauert ein paar Tage, man findet dort die schönsten Weihnachtsbäume, Tannen und Fichten aus der Umgebung. Und daneben alles, was solche Märkte zu Weihnachten bieten. Honig, Schinken und andere Spezialitäten, Kräuter, Tees, Kunsthandwerk, Geschirr, Bilder und Zeichnungen. Hättet ihr Lust, einen Abstecher dorthin zu machen? Das wär mir lieber, als nach Barcelona reinzufahren, in dem Verkehr verlieren wir Stunden. Obwohl es da einen der ältesten Weihnachtsmärkte von ganz Katalonien gibt, die *Fira de Santa Llúcia*. Zuerst war die *Fira* ein Ort, wo mit Textilien und Vieh gehandelt wurde, jetzt ist es ein großer Weihnachtsmarkt, wie ihr ihn auch kennt, mit Weihnachtsschmuck, Essständen und so. Ungewöhnlich sind aber die ›grünen Stände‹. Da gibt's Grün-Dekoration für die Krippen in Kirchen und zu Hause, Tannenzweige, Stechpalmen, Korkrinde, Moos ...«

»Wir müssen uns überlegen, wo wir übernachten wollen«, gab Leo zu bedenken. »Entweder wir bleiben noch vor der spanisch-französischen Grenze oder suchen uns was in Südfrankreich. Was meint ihr?«

»In Vic werden wir nichts finden«, meinte Martì, »da gibt es wegen des Marktes keine Zimmer. Aber irgendwo auf der Strecke können wir es probieren.«

»Wir müssen unbedingt weiterkommen, wenn wir morgen Abend in Bergün sein wollen«, warf Sina ein. »Sonst schaffen wir die Strecke nicht. Ich bin für Frankreich.«

»Oder wollt ihr lieber nicht nach Espinelves?«, fragte Martì, leise enttäuscht, dass seine katalonischen Weihnachten so abgeschmettert wurden.

»Doch, doch«, beruhigte ihn Leo, »klar wollen wir. Aber ich finde, Sina hat recht. Nach dieser Pause sollten wir sehen, so weit wie möglich zu kommen.«

Darauf konnten sie sich einigen.

Der Markt war wirklich hübsch, aber mehr noch gefiel Leo und Sina die schöne Lage des alten Ortes in den dicht bewaldeten Bergen. Sie spazierten herum, kehrten zum Essen ein und kauften an einem der Stände *Neules*, das typische Weihnachtsgebäck, knusprige Teigröllchen, von denen Sina nicht genug kriegen konnte.

Aber dann wurden sie doch unruhig, eine lange Fahrt lag noch vor ihnen.

»Wir sollten uns abwechseln und vielleicht die Nacht durchfahren«, meinte Sina.

Martì legte den Arm kurz um Leonie, die immer noch vorn neben ihm saß. Sina beobachtete ihn mit Argusaugen dabei.

»Hast du deinen Führerschein dabei?«

Leo nickte.

»Immer«, sagte sie. »Man weiß ja nie. Sag mir, wenn ich dich ablösen soll.«

»Ja. Vielleicht nach der Grenze«, nickte Martì.

Sie fuhren die Nacht durch und wechselten sich alle zwei Stunden ab. Es war eine ruhige Nacht, die Straßen waren frei und sie kamen gut vorwärts.

17

Während Benjamin den leergeräumten Laden des alten Conradin putzte und anschließend sorgfältig in hauchzartem Lachsrosa strich, schmunzelte er bei der Erinnerung an die erstaunten Gesichter seiner Freunde, die seine Ankündigung, er werde eine Konditorei und Zuckerbäckerei in Bergün eröffnen, nur ungläubig belacht hatten. Du machst Witze, hieß es, jetzt hast du dir mit dem *Baratta* einen Namen gemacht und entschwindest in die Berge? In ein Dorf? Da oben läuft doch nichts!

Was in Zürich Kopfschütteln auslöste, rief bei Großvater Nicolas glänzende Augen hervor.

»Das ist doch mal was, mein Junge!«, rief er vergnügt aus, als Benjamin in Chur seinen Plan bekanntgab. «Da geb ich dir gern einen Batzen für den Start! Geld kann man immer brauchen, wenn man ein neues Unternehmen anfängt. Ich hoffe, deine Eltern fahren mich dann mal zu einer heißen Schokolade ins *Café Baratta* nach Bergün.«

Er war so glücklich, dass Benjamin sich fast Sorgen machte, diese »Rückkehr« zu den Traditionen seiner Familie könnte in dem alten Mann das Gefühl auslösen, der Kreis sei nun geschlossen. Und er, der alte Nicolas, könne nun zufrieden von dieser Welt gehen.

»Nein! Im Gegenteil! Du machst ihm damit ein großes Geschenk«, sagte die Mutter und umarmte Benjamin. »Glaub mir, er wird auf jeden Fall noch ein paar Jährchen zugucken wollen, was aus dem Projekt wird!«

Benjamins Schwester fand die Idee cool, ohne allzu viel nachzufragen; seine Eltern hielten sich mit Meinungsäußerungen bewusst zurück. Wer weiß, vielleicht würde er den Gedanken an eine Konditorei auch wieder aufgeben; er musste selbst wissen, was er tat. Ihr Wohlwollen hatte er, solange die Dummheiten nicht ins Bodenlose gingen.

Doch Benjamin gab den Plan nicht wieder auf, denn das Vorhaben stand auf soliden Füßen. Die Miete war sehr viel günstiger als in Zürich, die Lokalität auf einfache Weise und mit vorhandenen Mitteln gemütlich einzurichten. Einen Großteil seines Kücheninventars konnte er mitnehmen und im Lagerraum, der zur Küche werden sollte, einbauen. Geschirr konnte er mit Großvaters Geld anschaffen, Teile des alten Geschirrs weiter benutzen. Und als wolle das Schicksal ihn ermutigen, hatte er in einem Brockenhaus einen wunderschönen alten, langen Tisch gefunden, den er als Theke im Verkaufsraum aufstellen wollte.

Wohnen konnte er bei Tante Alice, und das, darauf bestand sie, umsonst.

»Endlich wieder frischer Wind im Haus!«, rief sie aus. »Und endlich wird dieses Haus wieder besser genutzt! Es ist ja so viel Platz da. Immer hat mich das große Haus daran erinnert, dass ich keine Kinder haben konnte, traurig hat mich das gemacht. Aber Toni wollte ja keine Mieter, da hätte man umbauen müssen ...«

»Du weißt, wie dankbar ich bin, dass ich hier bei dir wohnen darf«, erwiderte Benjamin auf die Glücksausbrüche seiner Tante. »Für den Anfang. Aber wenn es mit dem Café wirklich klappen sollte, möchte ich dann vielleicht doch mal eine eigene Wohnung ...«

Alice sah ihn enttäuscht an. »Ich dachte, vielleicht findest du hier ja die Frau deines Lebens, und dann könnten irgendwann endlich die Kinderstimmen durchs Haus schwirren, wie ich mir das immer so sehr gewünscht habe! Und dann wäre ich die Oma Alice ...«

Benjamin räusperte sich vorsichtig und ein bisschen unbehaglich.

»Na, da denkst du jetzt vielleicht ein wenig zu weit voraus. Lass uns mal lieber bei der Gegenwart bleiben. Als Nächstes nehmen wir uns den Kronleuchter vor. Sobald ich fertig gestrichen habe, gehe ich an die Beleuchtung. Dann holen wir ihn aus dem Keller und reinigen ihn gründlich. Er wird sich ganz toll machen im Laden.«

Er wollte sie damit trösten, aber er merkte, dass das nur halb gelang. Darum suchte er nach einer weiteren Ablenkung.

»Willst du dir ein paar Gedanken zur Weihnachtsdekoration machen? Ich hab vor, einige Kunstwerke aus Marzipan ins Fenster zu stellen«, schmunzelte er. »Lebensmittelfarben habe ich schon bestellt.«

»Schon gut«, sagte Alice, immer noch ein bisschen eingeschnappt, »hab verstanden. Ich sag ja schon nichts mehr.«

***

In den vergangenen Wochen und Monaten hatte sich Benjamin in Backrezepte, die Marzipanherstellung und Fabrikation von Desserts aller Art vertieft. Er wollte auch, wie seine Vorväter, herzhafte Delikatessen und eine schöne Weinkarte anbieten. Auch edle Brände sollten auf der Karte stehen, und möglichst alles sollte von Produzenten aus der Region stammen, so weit er es nicht selbst herstellte. Das ließen sich die Leute gern etwas kosten, und es wäre ein willkommener Beitrag an die Wirtschaft in der Region. Es gab hervorragende Bündner Weine und Bioprodukte, und er wollte vor allem Pasteten neben den Torten und sonstigen Süßigkeiten zu seiner Spezialität machen. Zudem sollte man bei ihm nicht nur das obligate

Bündnerfleisch, sondern auch delikaten Käse, ob von Kuh, Ziege oder Schaf, zu einem Glas Wein bestellen können. Dazu wollte er selbstgemachte Chutneys und nicht nur die üblichen Nüsse servieren. Mit einem guten Holzofenbrot, für das er bald einen Lieferanten gefunden hatte, wären diese »Plättli« herrliche kleine Mahlzeiten für die, die keinen Kuchen wollten.

Was die Kuchen anging, so wollte er die berühmte Bündner Nusstorte zwar im Sortiment haben, aber sie war ja eher unscheinbar anzusehen und würde bei den Gästen, die mit einem leisen Glockenklingeln an der Tür seinen Laden betraten, nicht das überwältigte und entzückte »Oh!« auslösen, das den Schritt ins Schlaraffenland des süßen Überflusses begleiten sollte.

Nein, die Pavlowa sollte primaballerinenhaft leuchten, die Königin der Torten mit ihrer sanft weißen Eierschneehaube, in allen Rottönen dekoriert mit frischen Waldbeeren.

Die Zeit wurde knapp, aber er hatte sich in den Kopf gesetzt, auch wirklich in den Tagen vor Weihnachten sein Café zu eröffnen, dann, wenn die Weihnachtsgäste im Kurhaus und den übrigen Hotels eintrafen und die Ferienwohnungen sich füllten.

Alice hatte sich wirklich Gedanken zur Dekoration gemacht und schlug vor, den Zug der Rhätischen Bahn, schön rot wie er war, in Marzipan und Lebkuchen aufzustellen.

»Alle Kinder lieben doch das Zügli«, meinte sie, »und die Erwachsenen auch. Und wo wir doch hier das Eisenbahnmuseum haben! Alle werden vor dem Schaufenster stehenbleiben! Und drum herum Tannenbäume und beschneite Hexenhäuschen aus Lebkuchen und ...«

»Okay, okay, ich hab verstanden!«, lachte Benjamin. »Du möchtest ein winterliches Dorf mit kleinen Skifahrerinnen und Skifahrern aus alten Zeiten, mit roten Zipfelmützen, und am liebsten noch das alte *Kurhaus*-Hotel im Miniformat ...«

»Ja, genau!«, rief Alice begeistert.

»Das gibt Nachtschichten!«, seufzte Benjamin.

18

Bei Grenoble hatten die drei Reisenden eine längere Pause eingelegt, um in der Raststätte an der Autobahn zu frühstücken. Obwohl sie sich beim Fahren abgewechselt hatten, gähnten sie alle drei.

»Noch sieben Stunden Fahrt laut GPS«, verkündete Martì.

»Dann fahre ich jetzt mal wieder eine Runde«, bot Sina an.

»Du kannst dich hinten hinlegen und ein bisschen schlafen, Martì«, meinte Leo, »ich setze mich nach vorn zu Sina. Aber stopp, wartet kurz, mein Handy«, sagte sie und ging ein paar Schritte zur Seite, denn es war Niels, der anrief.

»Ich dachte, wir feiern Weihnachten zusammen«, überfiel er sie ohne Einleitung und Vorwarnung. Er war wütend. »Findest du die Idee völlig daneben oder was? Du kommst nach mehreren Wochen in die Schweiz zurück und teilst mir nur kurz mit, dass du Weihnachten mit deiner Freundin Sina in Bergün feierst? Tickst du noch ganz richtig? Täusche ich mich, oder sind wir seit einem halben Jahr zusammen, und das ziemlich intim? Weihnachten wäre vielleicht ein Gespräch wert, oder? Etwa so: Ich komme zu Weihnachten wieder in die Schweiz. Mit Sina, und wir möchten gern nach Bergün. Wie hast du dir Weihnachten vorgestellt? Möchtest du mit uns feiern? Oder bist du enttäuscht, wenn ich nicht mit dir allein feiere …?«

Leo atmete tief ein und aus. Erst hatte sie Sina verärgert, jetzt war Niels außer sich.

»Danke für die Belehrung … Ich …«

»Was ich? Jetzt hör mir mal zu. Ich bin es nicht gewöhnt, so behandelt zu werden. Wie ein Putzlappen. Und ich hab's auch nicht nötig. Wenn …«

»Niels, es tut mir leid, aber mein Zuhause ist in einem Container, mein Arbeitgeber ist gestorben und mein Arbeitsplatz wird in wenigen Monaten verschwunden sein – ehrlich, ich hab mir wegen gemeinsamen Weihnachten wirklich keine Gedanken gemacht …«

»Genug, um weiße Weihnachten mit jemand anderem in den Bergen zu planen«, warf Niels heftig ein. Aber jetzt ließ sich Leos Tirade nicht mehr stoppen.

»In Sinas Gesellschaft fühle ich mich verstanden und zu Hause. Du hast nicht viel von meinen Problemen hören wollen, geschweige denn Lust gehabt, mit mir zusammen über Lösungen nachzudenken. Und entschuldige, jetzt sollen gemeinsame Weihnachten plötzlich das große, entscheidende Thema sein?«

Sie war aufgebracht und hatte ihn beinahe angeschrien. Sina schaute fragend zu ihr hinüber.

»Ich muss Schluss machen, wir fahren weiter«, sagte sie ruppig. »Ich stehe hier mitten auf dem Autobahnparkplatz. Die Leute gucken schon. Wirklich kein Ort für solche Diskussionen.«

Sie stieg schweigend ins Auto. Sina zog eine Grimasse, fragte aber nicht und fuhr los.

Weihnachten, dachte Leo, Scheißweihnachten. Das war doch einfach alles ein Trümmerhaufen. Und sie? Sie stand da und wusste nicht, wohin mit sich selbst. Und weil sie nicht wusste, wohin sie mit sich, wusste sie auch nicht, wohin mit den andern. So einfach war das. Sie war wütend auf alles, auch auf Sina, die zufrieden auf ihrem spanischen Grundstück saß, wütend, weil ihre Freundin eine Lösung gefunden hatte, um aus ihrem Schlamassel rauszukommen. Sie fühlte sich bei Sina zu Hause, aber es *war* nicht ihr Zuhause. Wenn man ein Zuhause hat, kann man in die Ferien fahren. Aber wenn man kein Zuhause hat, macht es auch keinen Sinn, Ferien in den Bergen zu machen. Das ist ja absurd, dachte sie plötzlich. Was sollte sie mit Ferien? Mit weißen Weihnachten? Sie wollte ein Zuhause, verdammt noch mal! Und ein bisschen hatte Niels ja leider recht, dummerweise, und das machte sie noch wütender, als sie schon war. Aber das war *er* eben nicht: ein Zuhause.

»Ist alles gut da vorn?«, fragte Martì von hinten.

»Nein«, sagte Leonie und hüllte sich wieder in Schweigen.

***

Sina stellte das Radio an. Weihnachtslieder säuselten und schallten durchs Auto. *Jingle bells, jingle bells ...*

Leo machte die Musik aus.

»Das nervt«, sagte sie.

Unfrohe Stille.

Dann tönte es vom Rücksitz, wo Martì in Ermangelung vorfreudiger Gespräche etwas recherchiert hatte: »1906 wurde das Grandhotel *Kurhaus Bergün* eröffnet. In der Hoffnung, dass mit der Eröffnung der Albula-Bahnstrecke hinüber ins Engadin die vornehmen Touristen in reicher Zahl kommen würden. In den Luftkurort Bergün. War aber nichts, die reichen Touristen fuhren nach St. Moritz und Pontresina, obwohl das Hotel großartig ausgestattet war mit allem, was damals modern war und man sich wünschen konnte. Aber weil es nicht so gut lief und die Zimmer lange als schlichte Ferienwohnungen vermietet wurden, wurde auch nichts von der alten Ausstattung weggeworfen, so dass nach einem neuen Anlauf dort heute ein toll renoviertes, wunderschönes Jugendstilhotel seine Gäste empfängt.«

»Himmel, bin ich gespannt!«, rief Sina. »Wer weiß, wie dieses Bergün sich inzwischen verändert hat. Vielleicht erkennen wir es kaum wieder! Das ist mehr als zwanzig Jahre her, dass wir dort waren. Könnte ja alles zugebaut sein, auch wenn man das im Internet nicht sieht. Jeder versucht doch, möglichst schöne Fotos von seinem Urlaubsort zu machen, und das Tourismusbüro sowieso. Aber das *Kurhaus* steht jedenfalls noch. Wie damals. Nur schöner. Das ist super, Leo, oder?«

Sina machte einen weiteren Versuch, die Freundin aus ihren grimmigen Gedanken zurückzuholen. »Leo, weißt du noch, als wir damals mit meinen Eltern in Bergün waren, war es doch so ein wenig heruntergekommen, erinnerst du dich? Und dadurch noch mehr wie ein Märchenschloss aus alten Zeiten. Gewaltig und schön und ein bisschen unheimlich, als sei es von Geistern bewohnt ...«

Aber Leo sagte immer noch nichts.

Inzwischen hatten sie Genf und die Grenze zur Schweiz erreicht.

Martì fragte, ob er ein Stück fahren solle, aber Leo wechselte ans Steuer, und weiter ging es Richtung Zürich.

»Wie geht's dir, wenn du an Zürich denkst?«, unternahm Sina einen weiteren Versuch, das Eis zu brechen.

»Ich weiß nicht, ob ich Lust habe, in Zürich eine neue Wohnung zu suchen«, sagte Leo knapp. »Der Aufwand ist riesig, der Erfolg wird sehr mäßig sein. Außerdem werde ich bald kein Atelier mehr haben. Und zwei teure Mieten – das kann ich sofort vergessen.«

Immerhin redete sie wieder.

»Es wird also drauf hinauslaufen, dass ich mir lieber an einem anderen Ort eine Wohnung und ein Atelier suche, oder noch besser ein Atelier, in dem ich auch wohnen kann.«

Sie wurde ja geradezu wieder gesprächig!

»Geigenbau ist ja kein schmutziges Handwerk, es braucht weder viel Platz noch schwere Maschinen. Von der Arbeit her bin ich nicht an einen Ort gebunden. Ich glaube, die Kunden würden mir trotzdem treu bleiben. Zum Geigenbauer muss man ja nicht jede Woche ...«

»Und Niels?«, fragte Sina.

»Ist mir egal«, fauchte Leo.

»Okay ...« Sina zog erschrocken die Augenbrauen hoch. War nicht das Thema der Stunde, folgerte sie.

Also kehrte wieder Schweigen ein. Wenigstens Martì war guter Stimmung. Es war seine erste Reise in die Berge.

Bald würden sie in Zürich sein, aber Leo hätte am liebsten einen ganz weiten Bogen um die Stadt gemacht, in der ihre Möbel irgendwo einsam in einem kalten Container standen. Der Himmel war grau, Schnee war weit und breit nicht zu sehen.

»Komisch«, sagte Martì, »ich dachte, in der Schweiz liegt im Winter immer Schnee. Ab der Grenze und überall!«

Auch Sina war enttäuscht, dass die Landschaft sich so öde präsentierte. So hatte sie sich die Reise nicht vorgestellt.

»Hoffentlich kommt da noch was«, sagte sie misstrauisch und zeigte zum Himmel hinauf.

»Nun wartet doch ab, bis wir in die Berge kommen! Noch sind wir ja nicht da, also benehmt euch. Reicht mir mal eins der Croissants, die wir an der Tankstelle gekauft haben, ich hab Hunger.«

Tauwetter. Gott sei Dank, dachte Sina.

Das nächste Stück der Strecke fuhr Martì. Schon seit Bern hatte der Verkehr stark zugenommen, bis sie in Bergün ankamen, würde es dunkel sein.

Nach einer Weile glitt endlich Chur an ihnen vorüber. Die nächste wichtige Wegmarke.

»Noch eine Stunde ungefähr«, sagte Leonie, »Tamins, Rhäzüns, Thusis ... dann haben wir's.«

Nachdenklich sah sie aus dem Fenster. Es war lange her, seit sie das letzte Mal in Chur gewesen war. Mein Gott, eine Ewigkeit! Dabei war das nun echt keine Entfernung von Zürich.

Sina unterbrach ihre Gedanken. »Hatte deine geliebte Klavierlehrerin, wie hat sie noch gleich geheißen, nicht auch irgendwas mit Bergün zu tun?«

»Die Frau Balmer meinst du?«, fragte Leo, jetzt wieder recht friedlich. »Ja, sie war in den Ferien immer in Bergün. Stimmt, hatte ich ganz vergessen. Jedenfalls hatten sie in der Gegend ein Haus, ihr Mann und sie. Ein Ferienhaus, glaube ich. Ich war aber nie dort.«

»Soll ich mal nachgucken, ob ich ihre Telefonnummer finde? Vielleicht ist sie über Weihnachten ja auch in Bergün? Dann könntet ihr euch treffen«, meinte Sina.

»Nein, lass mal lieber«, bat Leo. »Ich hab im Augenblick genug Unruhe im Kopf. Entweder sie läuft uns über den Weg oder nicht. Wenn ich sie sehe, wird sie fragen, wie es mir geht, und dann müsste ich das alles auspacken, was da in meinem Kopf verknäult ist, verstehst du? Das will ich jetzt nicht. Jetzt ist Weihnachten, und wir wollen uns einfach ein paar schöne Tage im Schnee machen.«

»Wenn's denn Schnee gibt«, meinte Sina lapidar.

»Doch«, sagte Martì ganz ruhig, »gibt's. Die Bergspitzen sind doch schon weiß.«

»Bergün liegt aber im Tal«, kam es von Sina.

»Aber nicht unten«, korrigierte Leo. »Immerhin fast 1400 Meter hoch!«

***

Leonie hatte recht. Je höher die Straße sich hinaufwand, umso näher kam der Schnee. Schon hatte er die Tannen erreicht, sie überstäubt wie mit Puderzucker und bald darauf, mit jedem Höhenmeter, mehr und mehr Flocken auf die Zweige gelegt, bis sie sich unter der Schneelast schon leicht nach unten bogen.

Die blaue Stunde brach an, und in der Dämmerung glitzerte das Weiß sanft auf. Immer magischer wurde das Bild, als sei die himmelsschöne Landschaft ein Traum und nur auf die ganz normale Berglandschaft gelegt worden, damit eine weihnachtliche, ehrfürchtige Stimmung die Betrachter überkam.

»Wie wunderschön«, staunte Martì, und Leo löste ihn beim Fahren ab, damit er hinausschauen konnte, so viel er wollte.

Sie schwiegen und sahen der Dämmerung zu, die tiefer und tiefer wurde, jede und jeder in seinen eigenen Gedanken unterwegs.

Plötzlich sagte Sina: »Leo, als wir damals in Bergün waren, da gab es doch diesen Jungen ... ach Gott, der Name ist weg ... weißt du, den ich sehr mochte, und der dann ...«

»Psst!«, machte Leo. »Martì ist eingeschlafen!« Sie fuhr weiter, ohne auf Sinas Einwurf einzugehen.

Aber ja. Sie wusste genau, wen Sina meinte. Eine kleine heiße Welle fuhr durch ihren Körper. Ja, natürlich wusste sie das noch! Dieser Junge war ja ihre erste Liebe. Noch nach so langer Zeit erinnerte sie sich daran, als sei es gestern gewesen – wie es sich angefühlt hatte, hinter ihm auf dem Schlitten zu sitzen, einem Davoser Schlitten aus Holz, die Arme fest um ihn geschlungen, wie es gewesen war, den Hang hinabzusausen mit ein bisschen, aber nur einem kleinen bisschen Angst. Immer wieder waren sie den Hügel hinabgebraust, unten kam unter den Kufen schon das Braun des Bodens hervor, so viele Schlitten waren hier zum Halten gekommen. Als die Sonne untergegangen war und mit der aufsteigenden Dunkelheit die Kälte in alle Glieder kroch, hatte sie gesagt, sie müsse gehen. Man warte sicher schon auf sie. Und der Junge hatte dagestanden, als wolle er etwas sagen, etwas Wichtiges, aber er sagte nichts und hatte ihr nur nachgesehen und sich nicht von der Stelle gerührt. Als wäre er dort angefroren, neben seinem Schlitten. Und am nächsten Morgen waren sie abgereist, Sinas Eltern, Sina und sie, und zurück nach Zürich gefahren. Sie hatte verstohlen aus dem Fenster geguckt, ob der Junge nicht vielleicht zufällig über die Straße lief, wohin auch immer, aber das tat er nicht.

Benjamin, so hieß er. Benjamin.

19

Benjamin!«, rief Alice. »Du schläfst ja beim Essen ein!« »Wundert dich das?», gab Ben gähnend zurück. «Bei den Nachtschichten!? Die verdanke ich dir, wie du weißt. Da helfen auch die von dir so hochgelobten, geschickten Hände von Flurina nicht wirklich weiter.«

»Aber du musst doch zugeben, dass sie extrem begabt ist, die Flurina. Händchen hat sie, wie gemacht, um Marzipanfiguren zu formen und zum Leben zu erwecken! Die ist nicht umsonst Werk- und Kunstlehrerin geworden, die Flurina, gut, dass mir das eingefallen ist und dass sie über die Weihnachtsferien erstens hier ist und zweitens Zeit hat, dir zu helfen.«

Und drittens, aber das dachte Alice nur, wäre sie doch die richtige Freundin für Benjamin. Nicht, dass Flurina etwas von ihrem Glück ahnte, aber die beiden würden sich in den nächsten Tagen schon ein bisschen näherkommen. Wenn man so zusammenarbeitet!

»Ja, schon gut, sonst hätten wir deine Wunschdekoration für die Eröffnung vergessen können, da hast du recht. Aber das ist hier ja anstrengender als im alten *Baratta*!«

»Aber doch nur jetzt, am Anfang«, besänftigte Alice, »weil alles so schnell gehen musste und du noch nicht so ein routinierter und perfekter Zuckerbäcker bist wie deine Vorfahren. Das wird schon!«

»... sagen die, die nicht mit anpacken müssen!«, erwiderte ihr Neffe, der am liebsten unter den Tisch gesunken und eingeschlafen wäre.

»Also, dann geh jetzt schlafen. Ich räume schon ab, musst dich um nichts mehr kümmern«, sagte Alice.

»Von wegen! Ich muss noch mal rüber in den Laden. Sonst schaffe ich es nicht. Wie soll ich sonst morgen eröffnen? Nein, das gibt noch eine Nachtschicht.« Er zog sich vom Tisch hoch, gähnte herzhaft, klopfte seiner Tante auf die Schulter und ging hinaus.

***

Staunend standen sie vor dem *Kurhaus*.

»Es ist wirklich so groß wie in meiner Erinnerung«, sagte Leo, »obwohl einem doch die Dinge, die einem als Kind riesig vorkamen, ganz normal groß erscheinen, wenn man erwachsen ist. Es ist wunderschön!«

»Ja, das ist es wirklich!« Martì war beeindruckt. Er merkte gar nicht, dass er, während sie da vor der Treppe zum gewaltigen Eingangsbogen standen, den Arm um Sina gelegt und Sina den Arm nicht weggeschoben hatte. Aber dass Sina ganz warm und nah an seiner Seite stand, das spürte er doch. Sina schwieg. Vielleicht wollte sie niemanden, auch sich selbst nicht darauf aufmerksam machen, dass sie so nah bei Martì stand, fast so, als seien sie ein Paar, als gehörten sie zusammen.

»Schaut euch diesen Aufgang an«, schwärmte Leo. Alle schlechte Laune schien von ihr abgefallen. »Dieser Treppenaufgang zum Eingangsportal in dem steinernen Vorbau! Und dann oben das Fachwerk! Eigentlich passt das ja gar nicht zusammen. Ich sag ja – wie in einem Traum. Da passt auch alles zusammen, egal wie verquer es ist …«

»Könnten wir dann doch allmählich mal reingehen?«, fragte Sina und löste sich von Martìs Seite.

Sie betraten das riesige, luftige Jugendstilfoyer mit seinen Sitzgruppen aus weißgelacktem Rattan und steuerten auf die Rezeption zu.

Die junge Frau, die sie begrüßte, drückte Martì den Schlüssel für das Doppelzimmer in die Hand, Leonie den für das Besenkammer-Einzelzimmer. Leo räusperte sich und tauschte ihn schweigend mit Martì aus. Die junge Frau blickte schuldbewusst, entschuldigte sich gleich mehrmals und eilte davon.

Angekommen! Nun überfiel die Müdigkeit sie alle drei mit der gleichen Wucht. Sie fielen auf die Betten des Doppelzimmers und mochten nicht einmal mehr etwas essen, außer den Resten, die vom Einkauf bei der Tankstelle übriggeblieben waren.

»Ich hab ganz glasige Augen vor Müdigkeit«, murmelte Sina, »als hätte ich einen über den Durst getrunken. Gute Nacht, meine Lieben. Ich bin dann mal weg.«

Sie verschwand mit ihren Waschsachen im Bad, und Martì winkte Leo nur zu und empfahl sich ohne weitere Worte, um sein Kämmerchen aufzusuchen, das einen Stock höher lag.

Leonie hörte Sina nicht einmal mehr aus dem Bad kommen. Sie war ohne Umstände in den Pyjama geschlüpft und fest eingeschlafen.

***

Der Morgen weckte sie mit einem strahlend blauen Himmel. Spät, aber gerade noch rechtzeitig für das Frühstück sprangen sie aus den Betten und verabredeten sich mit Martì, der immer noch verschlafen klang. Kinder wuselten durch die große Halle, Eltern riefen sie mehr oder weniger zur Ordnung, und alle hatten offenbar den großen Appetit, den die frische reine Bergluft angeblich hervorrufen soll. Die drei, die am gestrigen Reisetag nicht viel gegessen hatten, stürzten sich auf den selbstgebackenen Zopf und hatten im Angesicht des Frühstücksbuffets glänzende Augen. Da war kein Überfluss aufgebaut, den niemand brauchte, aber eine wunderbare Auswahl an frischen

Konfitüren, Honig, Käse und Schinken. Und Eier, Eier wollten sie auch, und etwas Obst ... und ...

»Jetzt langt's«, sagte Sina. »Seid ihr denn immer noch nicht satt? Ich finde, wir sollten mal an der Rezeption nach einem Prospekt schauen, damit wir wissen, was wir hier alles so machen können, außer nur zu essen.«

Die Rezeptionistin, der es immer noch peinlich war, Leonie das Einzelzimmer zugewiesen zu haben, wandte sich jetzt bewusst an Leo und sagte: »Im Prospekt finden Sie die wichtigsten Anregungen für Ihre Zeit hier, aber wenn Sie möchten, können Sie auch an einer Dorfführung teilnehmen – die Termine werden angeschlagen. Das Dorf ist es wert, dass man es näher erkundet. Und dann gibt es heute noch einen besonderen Anlass. Heute eröffnet eine neue Konditorei mitten im Dorf. Vielleicht haben Sie Lust vorbeizuschauen!«

Sina horchte auf. Süßigkeiten, Schokolade, Kuchen, Torten!

»Nichts wie hin«, sagte sie.

»Ab drei ist geöffnet«, meinte die junge Frau vom Hotel und sah lächelnd auf die Uhr. »Ein bisschen müssen Sie also noch warten.«

»Na, dann machen wir erst mal einen Spaziergang. Ist ja vielleicht genau das Richtige nach dem üppigen Frühstück. Was meint ihr?«

Martì lächelte sie herzerwärmend an, und Sina guckte schnell auf den Prospekt mit den eingezeichneten Spazierwegen, die auch im Winter begehbar waren.

***

»Wollt ihr auch Ski fahren?«, fragte Leo und schüttelte den Schnee vom Anorak, den eine Tanne auf sie hinuntergestäubt hatte.

»Ich kann nicht Ski fahren«, sagte Martì, »und um es zu lernen, sind die Tage hier jetzt doch eher zu kurz. Ehrlich gesagt, bin ich zufrieden, wenn wir uns auf den Schlitten schwingen. Ist auch deutlich weniger teuer, einen Schlitten zu mieten als eine Skiausrüstung. Und ich würde gern ins Bahnmuseum. Der Bau der Albula- und der Bernina-Strecke, das waren monumentale Vorhaben, fantastische Leistungen der Brücken- und Tunnelbaukunst.« Er kam richtig ins Schwärmen. Sina sah ihn belustigt an. Sie wusste gar nicht, dass er so für Eisenbahnen schwärmte.

»Und eine Schweinebüez für die Arbeiter«, ergänzte Sina. »Ich glaube, es gab einige Tote beim Bau. Aber klar, natürlich ist das Museum interessant. Können wir gern machen.«

Leo stapfte voraus. Täuschte sie sich, oder bahnte sich da etwas zwischen Martì und Sina an, seit sie unterwegs waren? Sie seufzte. Ist ja schön, dachte sie.

Trotzdem musste sie schlucken. Hätte sie nicht doch etwas netter mit Niels sein sollen? Ja, sie hatte ihn anfangs für einen Womanizer gehalten, irgendwie siegessicher im Hinblick auf seine Erfolge bei Frauen. Und ganz sicher wollte sie keine Trophäe sein, die in Leporellos Register für Don Giovanni aufgelistet wird. Trotzdem: Sie hatte sich schon mehrmals in ihm getäuscht. Er schien sich wirklich eine feste Beziehung mit ihr zu wünschen. Und sie tat vielleicht gut daran, sich zu überlegen, was sie sich eigentlich erträumte.

Leonie beschleunigte ihre Schritte und schüttelte mutwillig einen Tannenzweig, als wolle sie sich selbst eine kalte Dusche verpassen. Bingo! Eine ganze Ladung Schnee rutschte ihr in den Nacken. Sie blieb stehen und wollte den Schnee mit der Hand unter dem Schal wegwischen, ehe er zu Wasser geworden war, aber sie glitt aus, und schneller, als sie denken konnte, fiel sie um und saß verdutzt auf dem vereisten Boden, der sich unter der dünnen Schneedecke verbarg.

»Alles okay!«, rief sie Sina und Martì entgegen. »Aber Achtung, seid vorsichtig, hier ist es glatt! Tut ganz schön weh, so auf den Hintern zu knallen«, gab sie zu und rappelte sich hoch.

»Aber du hinkst ja«, sagte Sina besorgt. »Komm, Martì, wir stützen sie.«

»Quatsch, so schlimm ist es auch wieder nicht. Ich bin ja noch keine Oma. Hab mir wahrscheinlich ein bisschen den Knöchel verstaucht. Das wird schon wieder.«

Sina zog Leo an sich und drückte ihr einen Kuss auf die Wange.

»Leo, meine Süße, heute nehmen wir's eh gemütlich«, meinte sie tröstend. »Wir spazieren zur neuen Konditorei, genehmigen uns ein dickes Stück Kuchen und machen danach ein Schläfchen bis zum Abendessen. Oder du machst ein Schläfchen, und Martì und ich gehen ins Museum, falls dich das nicht interessiert. Und sonst machen wir das morgen zusammen.«

Aber Leonie grummelte nur etwas Unverständliches vor sich hin.

20

Benjamin hatte kaum geschlafen. Gut, dass er solche Arbeitstage vom *Baratta* kannte und wusste, irgendwie würde er es schon stemmen. Flurina war wirklich eine große Hilfe, seine Tante hatte recht. Sie hatte angeboten, ihn in diesen Tagen in der Backstube zu unterstützen und im Service zu helfen.

»Danke, du bist ein Schatz«, sagte er erschöpft und küsste Flurina auf die Wange.

Für einen Namenszug, der die Tür des neuen Cafés in goldener Schrift zieren sollte, hatte es nicht mehr gereicht. Aber wichtiger war es, dass genug Kuchen für die Eröffnung da war, dass er verschiedene Getränke anbieten konnte und neben der Theke auf den Verkaufsregalen Naschereien zu finden waren, die man kaufen konnte. Tante Alice hatte sie geduldig in hübsche Zellophantüten verpackt und jede einzelne mit einer roten Seidenschleife versehen. Auf der Theke durfte die Nusstorte nicht fehlen, aber auch nicht die Linzer Torte. Da gab es Apfelstrudel und andere Früchtekuchen, Quarktorte und Cremeschnitten mit Vanillefüllung und rosafarbenem Zuckerguss, sahnegefüllte Hörnchen und Baisers aus Eierschnee, so zart und duftig wie Sommerwölkchen. Und tatsächlich prangte auf dem Verkaufstisch, dekorativ wie ein blütenweißer Schwan, eine Pavlova, eine Baisertorte, bedeckt von Himbeeren und Blaubeeren.

Im Regal hinter der Theke standen verschiedene Liköre und Brände, aber auch Flaschen mit selbstgemachtem Sirup für die Kleinen, die ein schönes Wandbild abgaben, und in einer Vitrine warteten verschiedene Weine auf ihren Auftritt. Der Kronleuchter verbreitete ein sanft glänzendes Licht, die zart lachsfarbenen Wände waren unerhört einladend. Benjamin schob noch einmal die in allen Pastellfarben schimmernden Macarons auf ihrer Silberplatte zurecht. Und da es Weihnachten war, durften auch die Schokoladen- und Marzipanengel und eine Menge goldener Schleifen nicht fehlen. Im angrenzenden Raum, der zartgrün gestrichen war, stand ein gemütliches altes Sofa, gerahmt von zwei Lehnsesseln – diese Sitzgruppe mit dem runden Tisch würde sicher immer als Erstes besetzt sein, dachte er zufrieden. Wenn man da mal saß, würde man so schnell nicht wieder aufstehen.

Aber auch die kleinen Polstersesselchen und die alten Bugholzstühle passten wunderbar in ein Café. Sie stammten, bis auf das Sofa, das Benjamin in einem Brockenhaus gefunden hatte, aus »Familienbesitz«, wie Großvater Nicolas stolz bemerkt hatte, und aus dem Haus von Tante Alice. Die Bilder, die Benjamin aufgehängt hatte, zeigten das alte Bergün und die Stadt Odessa, wo die Zuckerbäcker der Familie zuletzt als Konditoren und Cafétiers gewirkt hatten.

Es war kurz vor drei, und Benjamin und Flurina sanken noch einmal, jetzt schon todmüde, auf einen Stuhl, ehe die Tür sich öffnen sollte.

Draußen hatten sich schon am Morgen die Kinder, die Einheimischen und die Touristen die Nasen am Schaufenster plattgedrückt und die Landschaft aus Lebkuchen, Marzipan und Zuckerguss bewundert, in der doch tatsächlich auch die rote Rhätische Bahn nicht fehlte! In den Erwachsenen regten sich kindliche Gefühle. Waren so nicht früher, ganz früher, die Geschäfte zu Weihnachten dekoriert gewesen? Mit einer Wunderwelt für Kinder, in der Teddybären Ski fuhren, Puppen mit den Wimpern klapperten und Plüschlöwen auf künstlichen Felsen saßen?

Kurz vor drei stand eine Traube von Menschen vor der Tür.

Gott sei Dank hatte Benjamin es geschafft, die Eltern und den Großvater zu überzeugen, nicht zur Eröffnung heraufzukommen.

»Ich werde nicht eine Minute Zeit für euch haben!«, hatte er seiner Mutter erklärt. «Es wird voll sein, keinen Platz zum Sitzen geben und zu laut für Großvater sein.«

Und dann band er eine neue weiße Schürze um und drehte den Schlüssel im Schloss.

Das *Café Baratta* war eröffnet. Auch wenn der Name noch nicht an der Tür stand.

* * *

Sina, die Naschkatze, drängte.

»Also, seid ihr so weit? Das Café öffnet! Nicht dass alles schon weggefressen ist, wenn wir kommen!«

Martì, der sich fragte, ob es auch Crema Catalana geben würde, womit aber eher nicht zu rechnen war, war zur Stelle, es fragte sich nur, ob auch Leonie mithumpeln wollte. Doch, das wollte sie.

»Es sind ja nur ein paar Schritte«, meinte sie, »und ich hab jetzt eine Weile das Bein hochgelegt. Passt schon.« Sie zog sich den Anorak über.

Der Weg war kurz, und wo glatte Stellen zu befürchten waren, war gestreut worden. Wo sich das Café befand, sah man schon von weitem an der Warteschlange.

»Oh, oh«, sagte Sina, »ob wir da noch einen Platz kriegen ...«

Sie drängelte sich, Entschuldigungen murmelnd, vor und sah ins Café hinein.

»Sieht superschön aus!«, rief sie und ihr entschuldigender Blick zu den Umstehenden sollte sagen, keine Angst, wir sind geduldig, wir wollen nur schon mal gucken, was uns erwartet.

Auch Leonie wagte sich vor und warf einen Blick hinein, geradewegs auf die Theke, hinter der Benjamin und Flurina standen. Sie wurde blass und trat einen Schritt zurück, aber Martì und Sina achteten nicht darauf, weil Martì einen kleinen Annäherungsversuch gestartet und Sina die Hand wie beiläufig auf die Schulter gelegt hatte. Aber dann drehten sie sich erschrocken nach Leo um.

»Hej«, sagte die mit dünner Stimme, »ich geh zurück ins Hotel. Bleibt ihr nur ruhig da. Ich kann mit dem Fuß hier nicht so lange stehen, bis wir einen Platz kriegen.«

»Ach, Leo! Wirklich? Ist es so schlimm?«

Leonie nickte.

Hatte sie Tränen in den Augen?

»Was ist denn? Tut es so weh? Sollen wir nach einem Arzt schauen?«, fragte Sina bestürzt und sah ratlos Martì an.

»Nein, nicht nötig«, sagte Leo, aber ihre Stimme zitterte merkwürdig. »Alles gut. Ich kann hier nur nicht stehenbleiben. Ich geh zurück ins Hotel und trinke dort einen schönen Tee. In der Halle sitzt es sich ja auch wunderschön. Wenn es über Nacht nicht besser wird, frage ich morgen nach einem Arzt.«

Martì sah sie besorgt an.

»Meinst du wirklich?«

»Ja!«, sagte Leo, und ihre Stimme schien jetzt wieder fest und klar.

Sina glaubte ihr nicht, aber sie wusste, dass man Leo nicht umstimmen konnte, wenn sie erstmal etwas entschieden hatte.

»Okay. Wir bleiben ja nicht lange weg.» Sie zog liebevoll an Leos Schal, und ihre Freundin wandte sich um und stapfte hinkend davon.

»Ich weiß nicht, was sie plötzlich hat«, sagte Sina und hakte sich gedankenverloren bei Martì unter, merkte, was sie getan hatte, wollte den Arm wieder wegziehen, aber Martì ließ es nicht zu.

»Bleib«, sagte er leise, »nicht weglaufen, ja?«

21

Leonie kämpfte mit den Tränen. Er war es. Sie war sich ganz sicher. Nein, natürlich hätte sie ihn nicht wiedererkannt, wenn er nur der Junge gewesen wäre, mit dem sie als Kind Schlitten gefahren und der ihre erste Kinderliebe gewesen war. Es war der Benjamin, den sie Jahre später zufällig wiedergetroffen hatte, den sie erkannte. Erst hatten sie sich gar nicht daran erinnert, dass sie sich als Kinder schon einmal begegnet waren.

Sie standen einfach plötzlich voreinander und verliebten sich. Ein zweites Mal. Ein erwachsenes Mal. In der großen schönen Wohnung in Zürich war das, wo Leonies Geigenlehrerin Alice Balmer wohnte und Unterricht gab, nicht weit vom Konservatorium entfernt.

Eine Wohnung mit vielen Zimmern war das gewesen, und eines Tages, als sie aus dem Musikzimmer kam, den Geigenkasten im Arm, hatte er dagestanden, Benjamin Baratta. Groß, schlaksig, mit braunen Augen und einem dunklen Wuschelkopf. Sie waren im Flur beinahe zusammengestoßen. Er hatte sich entschuldigt, sie angegrinst und gesagt: »Sorry! Du hast wohl bei meiner Tante Geigenunterricht. Ich bin

Benjamin. Ich bin oft in den Ferien hier. Zürich, verstehst du? Großstadt. Da ist mehr los als in Chur.« Er hatte ein umwerfendes Lachen.

Sie standen da und sahen sich an. Leo fiel nicht ein einziger cooler Satz ein. Sie lächelte, nickte und wollte gehen.

»Hej«, sagte er, »wart doch mal. Hättest du Lust, mal was zu unternehmen? Kino, Disco oder so?« Er sah auf seine Turnschuhe und räusperte sich. Er war braungebrannt und hatte ein Grübchen im Kinn, lange Beine und schlanke Hüften. Verlegen steckte er die Hände in die Jeans, als sie nicht antwortete.

»Also, dann mach's gut.« Das klang ein bisschen enttäuscht.

»Ja, mach ich gern«, sagte Leonie mit erheblicher Verzögerung. »Kino. Disco auch. Vielleicht. Beides.«

Er strahlte sie an.

»Okay. Sollen wir gleich was abmachen?«

Ja, das wollte sie. Unbedingt.

***

Sie waren beide noch am Gymnasium. Unterprima. Er in Chur, sie in Zürich.

Sie wusste nicht, ob er seiner Tante etwas davon erzählt hatte, dass sie sich verabredet hatten. Wahrscheinlich nicht.

Sie hatte nicht mehr schlafen können vor Aufregung und war so blöd oder freimütig gewesen, ihm das zu erzählen. Da kam er mit dem roten Plüschkissen an und sagte: »Jetzt kannst du einschlafen. Denk einfach an mich!«

Und sie lachten, und sie wusste, jetzt würde es mit dem Einschlafen noch viel schwieriger werden.

In den Herbstferien waren sie sich wiederbegegnet, und die Verliebtheit war über sie gekommen wie ein Sturm. Ganz aus dem Gleichgewicht war sie geraten, umgeblasen hatte es sie, und ihn auch. Sie waren zusammen, wann sie nur konnten, das drohende Ferienende ließ Leonie in Tränen ausbrechen. Wie jung sie beide noch gewesen waren! Es war nicht glamourös, als sie sich das erste Mal liebten, es war für beide das erste Mal. Sie waren aufgeregt und vorsichtig, und alles war anders, als sie es sich vorgestellt hatten. Aber danach war die ganze Welt irgendwie ganz anders.

Und wie schrecklich war es gewesen, als die Ferien zu Ende waren und Benjamin zurückmusste. Obwohl Chur nur eine gute Stunde mit dem Zug entfernt war, kam ihr die Entfernung von ihm unerträglich vor. Als sei er in einem anderen Erdteil zu Hause, als lägen Ozeane zwischen ihnen, unüberwindbare Gräben. Sie war untröstlich, der Liebeskummer so überwältigend wie nie mehr wieder in späteren Jahren. Die Winterferien verbrachte er, wie früher schon, bei seiner Tante in Bergün. Tante Alice und Onkel Toni waren in den Ferien nämlich immer dort. Und dann erinnerten sie sich, dass sie sich aus Bergün kannten, dass er und sie es gewesen waren bei jener Schlittenfahrt damals.

Sie sahen sich häufig, so oft es ging. Sie machten beide das Abitur, Benjamin musste Zivildienst leisten, Leo entschied sich, die Geigenbau-Ausbildung zu machen. Sie sahen sich trotzdem, aber die Treffen wurden seltener, ohne dass sie das wollten, einfach durch die Umstände. Dann entschied sich Ben, die Hotelfachschule in Luzern zu besuchen.

»Ich geh nicht nach Lausanne«, sagte er, »damit wir uns einfacher sehen können. Luzern ist weniger weit von Zürich entfernt als Lausanne.« Aber sie sahen sich nun noch weniger, denn Leonie war zeitweise an der Geigenbauschule in Brienz, Benjamin musste mehrmonatige Praktika möglichst auch im Ausland machen und ging fast ein Jahr in die USA.

So hatten sie sich ganz langsam verloren, ohne aufgehört zu haben, sich zu lieben.

Sie waren beide ehrgeizig im Beruf. Ben träumte von einem eigenen Restaurant. Er schien alles dafür einzusetzen – und sie darüber zu vernachlässigen. So empfand sie es jedenfalls. Warum kam nicht sie an erster Stelle? Konnte das Kochen wichtiger sein als die Liebe? Das verstand sie einfach nicht. Er versuchte zu erklären, wie er es sah, umsonst ...

Ob die Frau an seiner Seite dort im Café wohl seine Frau ist, dachte Leo. Ein Stich ins Herz war das gewesen, dieser Anblick der beiden. Sie schienen gut eingespielt und zueinander zu passen ... Warum tat das so unglaublich weh, dass sie einfach nur hatte weglaufen können? Warum war plötzlich alles nur noch ein großer Schmerz?

Leonie konnte die Tränen nicht zurückhalten. Unmöglich, sie konnte jetzt keinen Tee in der Lobby des Hotels trinken, unter all den fröhlichen Weihnachtsgästen und Vorzeigefamilien. Es stand dort ein wunderschöner, riesiger Weihnachtsbaum, festlich geschmückt, alle waren guter Stimmung. Übermorgen war es so weit. Dann hatte das Jahr seinen letzten Höhepunkt, und man konnte sich in ein neues stürzen oder geruhsam hineinrutschen lassen. Nur für mich ist es das schrecklichste Weihnachten, das ich je erlebt habe, dachte sie mit einer ziemlichen Portion Selbstmitleid.

Leo ging in ihr Zimmer und legte sich aufs Bett. Draußen wurde es schon dunkel. Wie kurz die Tage waren. Wie viel Dunkelheit da war. Aber in diesem Augenblick war ihr die Dunkelheit gerade recht. Die Dunkelheit hüllte sie ein, und sie dachte voller Mitgefühl an das rote Plüschkissen, das in einem kalten Container ganz allein Weihnachten feiern musste.

***

Sina fragte nicht weiter nach. Martì und sie hatten Leonie einen Schokoladenengel aus der neuen Konditorei mitgebracht, der Leo ein schwaches Lächeln entlockte.

»Das ist wirklich ein super Café, Leo, das musst du unbedingt sehen. Aber der Ansturm war gewaltig. Schon besser, dass du deinen Knöchel geschont hast. Wie fühlt sich's denn jetzt an?«

Leo zeigte den Fuss. Der Knöchel war geschwollen, aber sie nutzte das Malheur auch ein bisschen für ihre Zwecke.

»Es geht, aber ich denke, ich lass euch morgen mal allein auf die große Schlittentour gehen, das ist nichts für meinen Fuß. Ich werde schauen, ob ich eine Apotheke oder einen Arzt finde. Von Preda bis Bergün – das ist mir zu heikel.«

»Ist Preda der nächste Ort?«, fragte Martì.

»Genau«, sagte Sina, »Preda-Bergün ist eine legendäre Schlittelbahn. Man fährt mit dem Zug bis Preda, und von dort geht es sechstausend Meter bis nach Bergün runter, über die alte Albula-Passstraße.«

»Und nachts ist die Strecke beleuchtet, für die Wagemutigen und die Verliebten«, ergänzte Leo und schämte sich sofort, denn der Nachsatz war ein bisschen spitz herausgekommen. Es war aber auch ein

Elend für sie, was ein Glück für Sina und Martì zu werden schien. Denn dass die zwei sich – und immer offensichtlicher – mochten, machte es für Leo nicht gerade leichter.

Da humpelte sie nun neben einem angehenden Liebespaar einher, ohne freilich zu wissen, dass die beiden sich näher waren, als sie ahnen konnte. Und das Ganze nur ein paar Schritte entfernt von Benjamin, der nicht nur nichts von ihrer Anwesenheit wusste, sondern auch weihnachtsselig und einträchtig mit seiner Ehefrau eine Konditorei eröffnet hatte. Benjamins *vermutlicher* Frau, korrigierte sie sich.

Aus diesem Grund wäre es ihr lieb gewesen, wenn Sina und Martì am nächsten Tag etwas zu zweit, ohne sie, planen würden. Denn der Gedanke an Bens mögliche Beziehung oder Ehe nagte an ihr.

Sie wollte, nein, sie musste einfach der Sache ein bisschen nachspionieren, allein, ohne Sina und Martì.

Vielleicht hatte sie sich vertan, und der Mann war doch nicht Benjamin. Oder vielleicht war die Frau nicht *seine* Frau, oder vielleicht brachte es was, nachzuforschen, ob Alice Balmer, ihre alte Geigenlehrerin und Benjamins Tante, gerade in Bergün war. Möglich war es, und es wäre nichts Merkwürdiges daran, sie anzurufen oder aufzusuchen. Nein, redete Leo sich zu, das wäre ganz und gar nicht merkwürdig.

»Du willst den ganzen Tag allein hier rumhängen, während wir Schlitten fahren?«, fragte Sina und schüttelte energisch den Kopf. »Wir lassen dich doch nicht einfach hier sitzen und gehen uns vergnügen! Vergiss es! Dann gehen wir eher mal kurz ins Bahnmuseum für ein Stündchen«, meinte sie.

Martì nickte zustimmend. »Natürlich! Erst hast du Pech, verletzt dich ausgerechnet in den wenigen Ferientagen, die wir hier haben, und jetzt sollst du die Tage allein verbringen? Für was hältst du uns denn?«

Leo brach der Schweiß aus. Sie musste die beiden morgen für ein paar Stunden loswerden! Auf keinen Fall wollte sie verraten, was sie vorhatte. Die Freunde würden sie doch für kindisch halten oder zu irgendwas drängen, was sie nicht wollte. Zum Beispiel dazu, einfach in den Laden zu gehen und Benjamin zu begrüßen, egal, ob diese Frau da war oder nicht.

Nein, sie brauchte Zeit, die anderen ahnten ja nicht, wie getroffen sie war, wie sehr der kurze Anblick sie aufgewühlt, die alten Gefühle wieder hochgebracht hatte. Den Zauber der ersten Liebe, die Unbeschwertheit ihrer siebzehn, achtzehn Jahre, das neugierige tiefe Eintauchen in den anderen, die beglückende Übereinstimmung ihrer Gefühle und Gedanken. Die unglaubliche, wunderschöne Nähe. Aber auch die Zweifel, die zu einer so frühen Bindung gehören, die Wut, die sie damals auf Benjamin gehabt hatte.

Obwohl sie wusste – aber hatte sie es wirklich schon gewusst? –, dass man nicht oft im Leben jemanden trifft, den man so lieben kann. Sie jedenfalls hatte seither keinen getroffen, den sie lieber lieben wollte.

»Leonie? Was denkst du? Was geht dir im Kopf herum?«, fragte Sina. »Nun sag schon was!«

Leo holte tief Luft. »Sina ... wir sind ja noch ein paar Tage hier. Ich frage morgen nach einem Arzt, schaue, was er sagt oder was er tun kann, und dann gehen wir eben an Heiligabend oder am ersten Feiertag noch mal schlitteln. Vielleicht kann ich dann ja mit. Und wenn nicht, will ich auf keinen Fall, dass ihr nur wegen mir nichts unternehmt. Für Martì ist das doch alles neu! Zeig ihm ein bisschen die Gegend.« Sie machte eine kurze Pause. »Und außerdem hast du recht, ich möchte schauen, ob Alice Balmer über Weihnachten hier ist. Ich würde sie wirklich gern sehen. Und das würde ich sowieso allein machen. Ohne euch. Also lasst mir diesen Tag morgen für mich und macht was für euch. Okay?«

Martì schaute Sina an.

»Sag du, was du meinst. Ihr seid hier die Freundinnen, die über Weihnachten nach Bergün in den Schnee wollten.«

Sina runzelte die Stirn. »Wenn Leo sich was in den Kopf gesetzt hat ... weißt du, sie und ich, wir sind uns da beide ziemlich ähnlich. Stur wie sonst was.« Sie musste lachen. »Ich glaube, Martì, da gehen wir morgen am besten nach Preda.«

Leo atmete erleichtert auf. Gerade noch die Kurve gekriegt, dachte sie.

22

Es gab eine Arztpraxis in Bergün, und einen Termin bekam sie auch.. Leonie atmete auf. Immerhin in diesem Punkt würde sie den anderen die Wahrheit sagen können. Eigentlich tat der Fuß nicht mehr besonders weh, jedenfalls nicht mehr so, wie sie Sina und Martì hatte glauben lassen. Aber es war ja nicht verkehrt, den Arzt einen Blick darauf werfen zu lassen, und wahrscheinlich konnte er ihr eine abschwellende, lindernde Creme verschreiben.

Und so machte sie sich auf. Ohne viel nachzudenken, lenkte sie ihre Schritte so, dass sie an der Konditorei vorbeikam. Die war innen erleuchtet, aber noch nicht geöffnet, und Leo warf vorsichtshalber nur von der anderen Straßenseite einen Blick hinein. Nein, nein, nein. Wieder stockte ihr Herz. Kein Zweifel! Das war Benjamin! Er hantierte im Laden und sah kurz aus dem Fenster dabei. Sein Blick musste sie gestreift haben, aber er erwartete nicht, jemanden Besonderen zu sehen, und wandte sich gleich wieder ab und seiner Arbeit zu.

Ach Gott. Er war es. Die Frau war nicht zu sehen. Sei nicht albern, ermahnte Leonie sich selbst. Du führst dich auf wie ein kleines Kind. Wenn du den Arztbesuch hinter dir hast, gehst du hier einen Kaffee trinken und basta. Egal, wer im Laden ist, er, die Frau oder beide! Sina mit ihrem Drang zu allem Süßen würde sowieso darauf bestehen, dass sie jeden Tag hier einkehrten. Es war besser, die Situation vorher ins Reine zu bringen. Sie würden sich einfach begrüßen, ein paar nette Worte über früher wechseln, Benjamin könnte zu der Frau sagen: »Nicht zu glauben, weißt du, das hier ist Leonie, wir kennen uns von ganz früher, wir sind schon als Kinder zusammen Schlitten gefahren und haben uns später in Zürich zufällig wiedergetroffen. Wie lange ist das her, Leonie? Mehr als zehn Jahre ...«

Leo schluckte bei der Vorstellung, dass es so ablaufen könnte. Das, was sie sich da ausgemalt hatte, blieb ihr im Hals stecken wie eine dicke Kröte. Nein! So ging es nicht.

Sie musste jetzt sofort herausfinden, ob Alice Balmer zufällig hier war. Falls sie und ihr Mann ihr Haus in Bergün gehabt hatten, fand sie Adresse und Telefonnummer vielleicht im Telefonbuch. Wenn das nicht klappte, konnte sie an der Rezeption fragen. Der Ort war klein, wahrscheinlich kannte hier doch jeder jeden. Und der Mann von Alice, der war doch von hier, auch wenn er in Zürich gearbeitet hatte. Wenn sie die Adresse herausfand, würde sie anrufen und, falls sie Alice Balmer tatsächlich erreichte, fragen, ob sie kurz vorbeikommen dürfte. Und dann würde Benjamins Tante sicher erwähnen, ob die Frau im Laden Bens Frau war.

***

Das Wartezimmer des Arztes war gut gefüllt. Leonie musste eine ganze Weile warten und nutzte die Zeit, um im Handy nach Alice Balmer zu suchen. Es war überwältigend einfach. Im digitalen Bergüner Telefonbuch war sie mit Adresse und Telefonnummer aufgeführt. An der genannten Straße war sie schon vorbeigekommen, sie befand sich mitten im Dorf. Madonna mia, ich krieg Fieber, dachte Leo. Himmel, wieso regt mich das alles denn nur so auf!

Na, Gott sei Dank, dachte sie, als die Sprechstundenhilfe sie aufrief, ich drehe sonst noch durch.

Der Arzt hatte beruhigende Nachrichten. »Ein bisschen verknackst, aber das wird bald wieder gut sein. Ich gebe Ihnen etwas zum Einreiben mit und auch ein paar Schmerztabletten für den Fall, dass Sie über die Feiertage plötzlich doch wieder mehr Beschwerden haben sollten. Aber das glaube ich nicht«, sagte er zuversichtlich. »Schauen Sie, dass Sie draußen immer die knöchelhohen Schuhe tragen, die Sie jetzt anhaben, das schützt den Fuß.«

Leo nickte dankbar, nahm die Medikamente in Empfang und stand wieder draußen.

So, jetzt rufe ich sie an. Sie nahm das Handy aus der Tasche. Die Nummer war schon eingespeichert. Aber sie rief nicht an. Sie stand da und hatte nur Leere im Kopf. Und dann ging sie einfach los.

***

»Hallo, hallo, wer klingelt denn da ...«, murmelte Alice, »Benjamin hat doch einen Schlüssel ...« Sie öffnete die Tür und blickte überrascht auf die junge Frau, die draußen stand. Sie mochte um die dreißig sein und erinnerte sie heftig an jemanden. Aber an wen?

»Frau Balmer?«, sagte Leo, die ihre alte Lehrerin sofort erkannte.

»Entschuldigen Sie, dass ich einfach so vorbeikomme. Ich bin Leonie, Ihre ehemalige ...«

»Ja natürlich! Leonie ... Leonie Winter! Kommen Sie herein.«

Alice führte sie in die schöne alte Arvenstube, das Prachtstück jedes Bündnerhauses. »Das ist aber eine Überraschung. Setzen Sie sich doch, bitte!»

»Bitte nicht siezen«, bat Leo. »Sie kennen mich ja, seit ich sechs war!«

Alice lachte. »Ach, mein Gott, wie schön! Meine Lieblingsschülerin besucht mich in Bergün. Weißt du, dass ich seit über zwei Jahren ganz hier lebe? Nachdem Toni gestorben war, wollte ich nicht in Zürich bleiben. Unsere Wohnung, die Stadt, alles kam mir so leer vor nach seinem Tod. Ich dachte immer, Zürich sei meine Heimat. Aber das stimmt nicht. Toni war meine Heimat, mein Zuhause. Unterrichten konnte ich nicht mehr, ich war in der Zwischenzeit selbst sehr krank, und als es mir wieder besser ging, beschloss ich, hierherzuziehen, in Tonis Elternhaus. Weißt du noch, wir haben hier doch immer unsere Ferien verbracht, Toni und ich.«

»Ja«, antwortete Leo, »das weiß ich noch. Es tut mir sehr leid, dass Ihr Mann ...«

»Schon gut. Reden wir von erfreulichen Dingen. Schön, dass du da bist. Es ist fast Mittag. Isst du eine Kleinigkeit mit mir?«

»Gern«, erwiderte Leo. »Kann ich etwas helfen?«

* * *

Leo wusste nicht recht, wie sie die Sprache auf Benjamin bringen sollte.

Alice fragte ihr ein Loch in den Bauch. Ob sie nun wirklich Geigenbauerin geworden war. Was sie in Cremona gemacht hatte. Wie es bei Bruno im Atelier gelaufen war. Ob sie das Atelier nun übernehmen wollte, nachdem Bruno so plötzlich gestorben war.

Ob sie noch Geige spielte. Und schließlich, ob sie verheiratet war und Kinder hatte.

»Nein«, sagte Leo lächelnd, »ich bin nicht verheiratet, und ich hab auch keine Kinder. Leider. Eigentlich wäre es langsam an der Zeit.«

Alice seufzte. »Bei Benjamin ist es nicht anders! Du kennst meinen Neffen doch, ihr habt euch bei mir in Zürich getroffen, damals, in den letzten Schuljahren. Und wenn ich das richtig verstanden habe, wart ihr damals auch sehr verliebt ineinander. Oder? Ich weiß es bis heute, er hat dich immer das ›Wintermädchen‹ genannt. Sein ›Wintermädchen‹ ... Er war sehr verliebt in dich!«

»Ja«, sagte Leo, »wir waren sehr verliebt. Ich habe gesehen, dass er hier eine Konditorei aufgemacht hat, ganz neu, gestern war die Eröffnung, nicht?«

»Ja, der Junge steckte in einer Krise, mit seinem Restaurant in Zürich, mit sich selbst ... Er sucht hier einen Neuanfang. Ich glaube, das tut ihm gut. Egal, wo er sich schlussendlich niederlässt.«

»Er hat wohl jemand gefunden, der mit ihm am gleichen Strick zieht ... ich war noch nicht im Laden, hab aber eine junge Frau an seiner Seite gesehen...« Leo räusperte sich. Ihr Herz schlug wild gegen ihre Brust. »Haben die beiden das Café zusammen aufgemacht? Sind sie ein Paar?«

Alice sah sie aufmerksam an.

»Nein, er ist allein hier raufgekommen. Er wohnt erstmal bei mir.«

Leo zuckte zusammen. Du lieber Himmel, wenn er plötzlich hier auftauchte!

»Flurina stammt aus dem Dorf. Sie ist Werk- und Kunstlehrerin, aber über die Weihnachtsferien hilft sie bei ihm aus. Allein schafft man das nicht, auch wenn das Café nicht besonders groß ist. Er muss ja gleichzeitig produzieren, verkaufen und servieren. Das kriegt niemand allein hin.« Sie sah versonnen aus dem Fenster. »Die beiden kennen sich seit ihrer Kindheit. Anne und Benjamin waren ja immer in den Ferien hier, sie kannten natürlich alle Dorfkinder. Ich habe gewisse Hoffnungen, dass die beiden sich finden werden. Flurina ist nicht verheiratet, Benjamin ist allein. Ich finde, sie passen gut zusammen.«

Leonie wurde blass, dann rot im Gesicht, ihre Gefühle schossen hilflos durcheinander.

Er war frei! Er hatte niemanden! Aber ganz offensichtlich arbeitete Alice Balmer daran, ihn unter die Haube zu bringen. Aus bester Absicht, sagte sich Leo. Es konnte ja niemand ahnen, dass sie sich hier wiederbegegnen würden. Und Ben war genau wie sie in dem Alter, in dem man an Kinder, an Familie denkt ...

»Du sagst ja gar nichts, Leonie«, fragte die Geigenlehrerin. Oder sprach sie jetzt als Benjamins Tante?

Aber Leo brachte kein Wort heraus. Sie versuchte, ihre Gedanken zu ordnen. Aber das gelang ihr nicht. Nicht im Geringsten.

»Du wirst Benjamin doch treffen?«, hörte sie Alice sagen. »Er freut sich sicher, dich zu sehen. Du gehst doch vorbei, oder? Das musst du unbedingt! Ich bin sicher, dass er sich riesig freuen wird, dich wiederzusehen. Ich glaube, die Trennung damals ist ihm sehr nahe gegangen. Aber nun ist ja viel Zeit vergangen. Soll ich ihm erzählen, dass du hier warst? Aber vielleicht gehst du ja nachher vorbei? Mach das! Der Junge wird sich freuen.«

Da bin ich mir nicht so sicher, dachte Leo. Und doch wünschte sie sich genau das und nichts anderes: dass er sich freute.

»Ja«, sagte sie. »Das mache ich. Ich gehe vorbei.«

»Das ist gut«, erwiderte Alice. »Wie lange bist du denn hier? Ich denke, doch sicher über die Weihnachtstage. Du sagst, du bist mit einer Freundin und einem Freund hier? Im *Kurhaus*? Das ist ein schöner Ort, um Weihnachten zu feiern. Der Jugendstilsaal ist einfach traumhaft schön. Wenn ich mich recht erinnere, findet dort das große Weihnachtsessen am ersten Feiertag statt. Eine prächtige Kulisse, dieser Saal mit seiner gewölbten hellblauen Decke, die sich wie der Himmel über den Gästen spannt. Für Hochzeiten ist er auf Jahre ausgebucht.«

Sie stellte Leonie einen Teller mit Plätzchen und Konfekt hin.

»Von Benjamin. Wenn du Lust hast, besuche uns doch mit deinen Freunden! Benjamin wird viel zu tun haben ... aber trotzdem. Sprecht darüber. Er weiß am besten, wann er es zeitlich einrichten könnte. Ich würde mich freuen, wenn wir Gäste zu Weihnachten hier hätten ... Mir fehlen junge Leute um mich herum«, gestand sie freimütig, »mir fehlen meine lieben Geigenschülerinnen und -schüler. Sogar das zermürbende Kratzen auf den Kindergeigen fehlt mir ...«

* * *

Ja, sie wollte, dass er sich freute. Sie hatte nicht Angst, ihn wiederzusehen, sondern Angst, dass er sich nicht freuen könnte. Und plötzlich, auf dem kurzen Weg zur Konditorei, wurde Leonie bewusst, dass sie sich die Vergangenheit zurechtfrisiert hatte, wie das alle Menschen tun, um sich mit ihrem Leben und ihren Entscheidungen besser arrangieren zu können. Seit Jahren erzählte sie sich die Geschichte ihrer Beziehung zu Benjamin so, als sei sie einfach an den Umständen, an der zunehmenden Entfernung zerbrochen, ganz leise und von allein, dass sie einfach auseinandergedriftet waren wie Inseln, die sich im Meer langsam voneinander entfernen. Aber so war es nicht gewesen.

Leonie hatte Benjamin verlassen. Es war ganz klar sie gewesen, die gehen wollte, weil es ihr nicht genügte, was sie aneinander hatten. Ja, seine Ziele waren ihm wichtig gewesen und ihre Ziele ihr selbst auch. Ja, sie hatten sich immer weniger gesehen, weil die Ausbildung sie an verschiedene Orte geführt hatte. Aber sie, Leonie, war es gewesen, die aufgegeben hatte. Sie hatte die Reißleine gezogen und ihm geschrieben, dass sie ihn nicht mehr sehen wollte.

Und auf diesem kurzen Weg von Alice Balmers Haus zur Konditorei bereute sie ihren Entschluss von damals. Das Herz tat ihr weh, nicht der Fuß, und es tat so weh, dass sie die helle kleine Glocke nicht hörte, mit der sich die Tür zum *Café Baratta* öffnete.

Benjamin hörte sie, aber er sah nicht hin. Er nahm gerade eine Bestellung auf und wechselte ein paar Worte mit den Gästen, die sich an einem der Tische niedergelassen hatten. Erst dann sah er die junge Frau im Raum stehen, allein, nahe bei der Tür, zögernd, ob sie weiter hineinkommen sollte.

»Ja, es gibt noch Platz, kommen Sie ruhig. So voll wie gestern ist es heute nicht«, lächelte er und sah ihr ins Gesicht. Dann wandte er den Kopf zur Seite, verwirrt, schaute sie irritiert wieder an und sagte:

»Entschuldigung, ich habe Sie verwechselt …«

Und sie sagte: »Nein, du hast mich nicht verwechselt. Ich bin es … Leonie.«

Er schwieg. Sie sah ihn ängstlich an. Unsicher. Raus hier. Besser schnell raus aus dem Laden. Aber sie blieb wie angewurzelt stehen.

»Ich kann jetzt nicht«, sagte er. »Ich muss bedienen.«

»Ja … natürlich.«

Er schwieg wieder.

»Aber du kannst natürlich hier Kaffee trinken«, sagte er und rief in Richtung Küche: »Flurina, kannst du kurz bedienen?«

Aber Flurina kam nicht. Sie war kurz in die Pause gegangen, er hatte sie ja selbst weggeschickt.

»Ich freue mich, dich zu sehen«, sagte Leonie.

Er sah sie entgeistert an. Als könne er sich das gar nicht vorstellen: dass sie sich freute.

Leo stiegen Tränen in die Augen.

»Entschuldige«, sagte sie und kramte nach einem Taschentuch.

Wieder sagte er nichts.

»Warum bist du denn in Bergün?«, fragte er.

»Sina … erinnerst du dich, meine Freundin Sina … sie und ihr Freund und ich feiern hier Weihnachten.«

Mit welcher Bestimmtheit sie Martì zu Sinas Freund gemacht hatte!

»Ah«, sagte Benjamin.

»Ich wusste nicht, dass du hier bist, Ben, dass du dieses Café eröffnet hast … ich wusste nicht, wo du jetzt lebst …«

»Wie auch«, sagte er lakonisch.

Wieder kamen ihr die Tränen.

»Ich würde gern hören, wie es dir geht«, sagte sie.

»Ich hab sehr wenig Zeit«, sagte er. »Neueröffnung, Weihnachten, viele Touristen, Bestellungen ...«

»Weiß ich«, sagte sie. »Ich würde trotzdem gern hören, wie es dir geht. Ich freue mich sehr, dich zu sehen.«

Jemand rief: »Könnten wir zahlen, bitte«, und Benjamin sagte: »Du siehst ja, ich kann nicht ... Kannst du mal einen Schritt zur Seite gehen, die Tür ...«

Flurina kam zurück und sah erstaunt auf die beiden, die da mitten im Weg standen und nicht besonders glücklich, aber vertraut miteinander zu sein schienen.

»Flurina«, seufzte Benjamin, »könntest du schnell drüben kassieren? Ich bin gleich wieder da.«

Er schob Leonie aus dem Laden.

»Um sieben schließen wir«, sagte er. »Wenn du willst, komm dann vorbei, okay?« Das war das erste kleine Lächeln seit dem Wiedersehen. Er hatte noch immer ein Grübchen im Kinn und dunkle Wuschelhaare.

Sie lächelte zurück.

»Okay«, sagte sie und stöhnte innerlich bei dem Gedanken, Sina und Martì erklären zu müssen, warum sie nicht mit zum Abendessen kam.

»Also, bis dann!«, sagte Benjamin und ging in den Laden zurück.

Und diesmal hörte Leo den silbernen Klang der Türglocke.

23

Vor dem Hotel ließ Sina Martìs Hand los.

»Ich muss erst mit Leo reden«, sagte sie.

»So, so«, sagte Martì und zog Sina an sich. »Dauert aber hoffentlich nicht zu lange.«

»Doch, ich glaub, das wird eine Zeit dauern, du kannst dich schon mal auf ein paar einsame Abende einrichten.«

Aber da hatte sich Sina geirrt.

»Da bist du ja!«, sagte Leonie, als sie ins Zimmer kam. »Ist schon sechs Uhr!«

»Na und?«, fragte Sina verwundert. »Das Essen ist doch erst um sieben.«

»Ja, aber ich muss mit dir reden, und jetzt ist es zu knapp. Ich muss noch mal weg, und ich wollte dir noch sagen, warum.«

»Ich muss auch mit dir reden«, sagte Sina. »Aber warum musst du weg? Du kannst mir doch mit einem Satz sagen, warum.«

»Nein«, seufzte Leo, »das ist eine längere Geschichte, und ich bin jetzt einfach zu nervös.«

Sina blickte Leonie an, als sei sie um ihre Gesundheit ernstlich besorgt.

»Guck mich nicht so an. Alles okay. Ich war beim Arzt, es ist nichts Schlimmes, und in meinem Kopf stimmt auch alles. Ich erklär's dir später. Wirklich!«

»Na gut«, meinte Sina. »Meine Geschichte braucht auch etwas länger. Dann reden wir halt später. Das heißt, du kommst nicht mit zum Abendessen?«

»Genau.«

»Aha«, sagte Sina, die nichts verstand, aber sich dreinschickte, wie eine gute Freundin es eben tut.

»Aber beim Schlitteln war's gut?«, fragte Leo.

»Herrlich ... einfach herrlich. Großartig.«

Sina strahlte so, dass sich Leo fragte, ob ein Schlitten und eine Schneepiste wirklich eine solche Begeisterung bei Menschen auslösen können. Aber sie war nicht gerade sportlich, und da mochte sie sich täuschen. Und in dem Moment fiel ihr ein, dass das Schlittenfahren auch sie einmal wahnsinnig glücklich gemacht hatte.

***

Hastig nahm sie ihren Anorak, wickelte den Schal um und lief los. Aber sie kam nicht weiter als bis zur Lobby. Aus einem der Sessel erhob sich ein Mann und stellte sich ihr direkt in den Weg.

Es war Niels.

Fassungslos sah Leonie ihn an.

»Ich bin kein Gespenst«, sagte Niels und bewegte die Hand vor ihren Augen. »Komm her, lass dich umarmen!« Er zog sie in seine Arme und dann in einen Sessel.

»Niels, ich ...«

»Alles gut ... alles gut«, sagte Niels, als müsse er ein Kind beruhigen. »Hör mir zu. Ich habe nachgedacht. Es stimmt, du hast recht, ich habe mit deinem Wohnungsproblem nichts zu tun haben wollen. Das hat dich gekränkt, ich versteh das. Aber du kannst dir nicht vorstellen, wie viel Streit es bei uns zu Hause immer ums Wohnen gegeben hat. In welcher Stadt wir wohnen sollen, in was für einem Haus, mit wem ... Meine Mutter hat diametral andere Vorstellungen als mein Vater, und alles was Wohnen als Problem angeht, ist mir einfach zuwider. Das heißt aber nicht, dass du mir egal bist oder dass deine Probleme mir egal sind.«

Leo blickte ihn noch immer entgeistert an.

»Aber warum bist du denn jetzt hier?«, sagte sie, und in ihrem Kopf pochte der Gedanke, dass sie losmusste, und zwar jetzt, sofort und unbedingt. Vielleicht wartete Ben nicht lange auf sie. Sicher würde er denken, sie wolle nicht kommen, wenn sie jetzt nicht endlich auftauchte. Er würde weggehen, die Tür abschließen, und es wäre für immer alles aus zwischen ihnen.

»Ich bin hier«, sagte Niels und nahm ihre Hand, »weil ich begriffen habe, dass ich fest mit dir zusammen sein will. Weil ich dir sagen will, dass du mit mir zusammenziehen sollst. Dass ich dich zu Weihnachten mitnehmen möchte nach La Punt, in unser Ferienhaus. Ist ja sozusagen um die Ecke. Ich möchte dich gern meinen Eltern vorstellen.«

Alles ist aus, dachte Leonie. Alles ist aus. Wenn ich jetzt in das Café komme, ist Ben für immer weg. Wenn ich Niels jetzt wegschicke, ist Niels für immer weg. Dann hab ich gar nichts mehr, keine Wohnung, kein Atelier und keinen Mann.

Wie versteinert saß sie in ihrem Sessel und blickte Niels an. Sie musste sich entscheiden. Jetzt. In Sekunden. Auf volles Risiko.

»Niels, ich kann nicht«, sagte sie. »Ich kann nicht mit in euer Ferienhaus und zu deinen Eltern kommen. Ich bin mit meiner besten Freundin hier. Und ich habe hier zufällig den Mann wiedergetroffen, den ich am meisten von allen geliebt und vor Jahren weggeschickt habe. Ich weiß nicht, ob er mich noch haben will. Wahrscheinlich nicht. Aber ich muss jetzt zu ihm. Ich muss ihn jetzt sehen. Jetzt gleich. Und dass ich dich hier stehenlasse, das hast du nicht verdient. Wirklich nicht. Und es tut mir leid. Ich hab dich lange falsch eingeschätzt, und jetzt, wo ich dich besser kenne und immer mehr schätze, lasse ich dich hier stehen. Das verstehst du nicht. Keiner versteht es. Aber so muss es sein. Weil ich jetzt wegmuss.«

Sie stand auf, küsste ihn auf die Wange und eilte zur Tür.

Niels sah ihr ungläubig nach, als habe er eine Geistererscheinung gehabt. Er griff sich an den Kopf und blieb wie betäubt in der Lobby des *Kurhauses Bergün* sitzen.

***

An der Tür zum *Café Baratta*, das noch keinen offiziellen Namen hatte, hing das Schild »Geschlossen«. Von Ben war nichts zu sehen. Nur die Nachtbeleuchtung brannte, der Kronleuchter verströmte nicht mehr sein festlich weiches Licht.

Mit klopfendem Herzen drückte Leonie auf die Türklinke. Die Tür ließ sich öffnen. Vorsichtig betrat sie den leeren Laden. Da kam Ben aus der Küche.

»Komm«, sagte er, »gehen wir in den Gastraum. Wenn Passanten mich im Laden sehen, glauben sie nicht, dass geschlossen ist.«

Er ging voraus und bot ihr einen Platz auf dem Sofa an. Er klang kühl und sachlich wie am Mittag.

»Du hast wahrscheinlich Hunger, ist ja Zeit zum Abendessen«, sagte er. »Hier sind ein paar Kleinigkeiten. Nimmst du ein Glas Wein?«

Leonie nickte befangen. Sie hatte einen dicken Kloß im Hals. Benjamin war so höflich. Seine Höflichkeit hielt sie auf Abstand, und sie hatte nicht gewagt, ihn zur Begrüßung zu umarmen, so gern sie das getan hätte.

»Erzähl mir von dir!«, bat sie. »Ich habe mitgekriegt, dass du in Zürich ein Restaurant hattest, aber ich war nie dort. Ich weiß nicht ... ich wollte dir lieber nicht begegnen, obwohl ich so oft daran denken musste, wie das wohl wäre: dich wiederzusehen.«

Ihre unverfängliche, aber ehrliche Frage machte es ihm leichter. Seine Körperhaltung lockerte sich, er saß jetzt entspannter da, und das entspannte auch sie.

Benjamin erzählte, wie es ihm in den letzten Jahren ergangen war. Er erwähnte sogar Nadine und die Gründe, warum sie ihn verlassen hatte.

»Die Gründe kannte ich ja schon.« Er lächelte schief und baute ihr damit eine Brücke. »Ich war zu viel im Restaurant und zu wenig für sie da«, sagte er. »Sie wollte eine Familie gründen, und gegen diesen Wunsch war nichts einzuwenden. Aber so, wie es zwischen uns lief, wollte sie das nicht. Nicht mit mir.«

Leonie machte keine Anstalten, etwas zu sagen. Darum setzte er hinzu: »Aber sie war auch nicht die Richtige für mich. Ich bin in die Beziehung so hineingeschlittert. Ohne großes Engagement, ehrlich gesagt.«

Er wartete, ob sie etwas sagen wollte, aber sie schwieg weiter.

»Trotzdem haben die letzten schwierigen Jahre im Geschäft und Nadines Vorwürfe etwas mit mir gemacht. Das siehst du ja ...«, sagte er und machte eine Bewegung mit dem Arm, die sagen sollte: Du siehst ja, ich habe statt des Restaurants im schicken Zürich jetzt nur noch einen kleinen Laden und ein kleines Café in einem kleinen Dorf.

»Ich habe begriffen, dass ich etwas an meiner Situation verändern muss, wenn ich ein Privatleben haben möchte. Zürich ist ein hartes Pflaster. Es gibt sehr viele und sehr gute Restaurants, die Kunden sind anspruchsvoll. Die Stadt ist eine Geldstadt, die kennt kein Erbarmen. Ich hatte echt eine Krise. Mein Großvater ... ich glaube, du hast ihn mal kennengelernt, mein Großvater jedenfalls hat das gespürt. Es hat eine Absicht dahintergestanden, da bin ich sicher, als er mir unsere Familiengeschichte, die Geschichte der Bündner Zuckerbäcker, in die Hand drückte, die sein Vater und er mühselig aus einzelnen erhaltenen Dokumenten zusammengetragen hatten. Er wollte mir den Blick öffnen – auf meine Familie und das, was meine Großväter und Urgroßväter zustande gebracht haben in verschiedenen Ländern Europas, ohne Kapital, von der Pike auf.«

»Deine Vorfahren waren Zuckerbäcker?«, rief Leonie erstaunt.

»Tja, und nun bin ich auch einer, wie du siehst. Ich muss noch viel dazulernen, aber vieles hat sich schon verändert. Ich bin von der Stadt aufs Land gezogen, ich habe den Ehrgeiz aufgegeben, mit heftigem Raubbau an mir und anderen Michelin-Sterne zu erkochen. Und ich habe jetzt einen Betrieb, der zwar arbeitsreich ist, wo ich aber am Abend die Tür abschließen kann und nicht die halbe Nacht durcharbeiten muss.« Er lächelte. »Bäcker will ich nicht werden und um vier Uhr früh anfangen, statt um zwei in der Nacht aufzuhören. Wenn ich einen guten Mitarbeiter finde, müsste man das hier hinkriegen, ohne auf Freizeit zu verzichten. Von geregelten Arbeitszeiten zu sprechen, wäre allerdings trotzdem vermessen.« Er grinste. »Du kennst mich ja. Ganz ohne Perfektionismus und Ehrgeiz bin ich nicht zu haben ...«

Leo sah ihn an und hob ihr Glas. »Gratuliere!«, sagte sie aufrichtig. »Darauf stoße ich gern mit dir an.«

»Okay«, sagte er und ließ zu, dass ihr Glas an seines stieß und einen klaren, schönen Kristallklang erzeugte.

»Und ... Flurina? Ist sie die Mitarbeiterin, die du suchst?«

»Woher weißt du, wie sie heißt?«

»Du hast heute Morgen nach ihr gerufen, als ich plötzlich im Laden stand.«

»Ach ja«, sagte er. »Ja, das stimmt. Und nein ... nein, sie ist nicht die Mitarbeiterin, die ich suche. Sie ist sehr gerne Lehrerin und hat nicht vor, das zu ändern.« Er lächelte jetzt breit. »Außerdem hat sie einen Freund in Chur und wird wohl bald zu ihm ziehen.«

»Ach so«, machte Leonie, und ihre Wangen röteten sich, als hätte ihre Frage nach Flurina allzu viel von ihren Gefühlen verraten.

»Deine Lachspastete schmeckt ganz wunderbar«, sagte sie stattdessen. »Ich nehme gern noch einen Schluck Wein dazu.«

Er schenkte nach und sah sie prüfend an.

»Und du? Erzähl mir von dir.«

Das tat sie, und sie versuchte, so ehrlich wie möglich zu sein. Er wollte mehr über ihre Zeit in Cremona wissen, und sie erzählte ihm auch, dass sie mit dem Gedanken gespielt hatte, dort zu bleiben und zu heiraten, und dass sie ziemlich spät die Reißleine gezogen und nach Zürich zurückgegangen war. Sie erzählte von der Wohnung, aus der sie hatte rausmüssen, und der Sorge, etwas Neues zu finden, was bezahlbar für sie wäre. Sie berichtete von Bruno, der guten Zeit, die sie zusammen in seinem Geigenbauatelier gehabt hatten, von seinem Tod und dem bevorstehenden Verkauf des Hauses, in dem sich die Werkstatt befand. Und sie erzählte auch von Niels.

»Du siehst«, sagte sie, »mein Leben ist nicht weniger im Umbruch als deins.« Sie nahm einen Schluck und strich sich durchs Haar. »Eigentlich bist du schon einen Schritt weiter als ich. Du hast einen neuen Ort, an dem du dich wohlfühlst, und ein Café, das wirklich wunderschön geworden ist.«

Er hörte zu, ließ sie ausreden, und sie war froh, dass er sich und ihr irgendwelche Floskeln des Bedauerns über ihre Situation ersparte.

»Aber eigentlich bin ich guter Dinge. Im neuen Jahr packe ich es an. Ich werde schon eine Lösung finden. Ich möchte mich wieder zu Hause fühlen, das ist das einzig Wichtige. Ich möchte mich geborgen fühlen, am richtigen Ort. Und seit einer halben Stunde weiß ich ganz sicher, das ich finden werde, was ich suche, die Geborgenheit, die wir Heimat nennen.«

Plötzlich musste sie kichern. »Weißt du, woran ich gestern denken musste? An das rote Plüschkissen, das du mir damals geschenkt hast, als wir uns in Zürich bei deiner Tante wiederbegegnet sind. Es ist mit all meinen Möbeln in einem Container ausgelagert, und es war mir wund und weh, dass dieses Kissen nun in einem kalten Stahlbehälter ganz allein Weihnachten feiern muss.«

Er sah sie überrascht an.

»Das hast du noch ... das Kissen?«

»Klar hab ich das noch«, sagte sie. »Und weißt du, was ganz verrückt ist? Niels hat mir beim Einpacken geholfen. Und als er das rote Plüschkissen in der Hand hielt, sagte er: ›Das kannst du bei der Gelegenheit gleich entsorgen, das ist ja eine Ausgeburt von Kitsch!‹ Und diesen Satz, Ben, den hab ich ihm so was von übelgenommen. So übel, dass ich wusste, der ist nicht der Richtige für mich. Ich hab das nicht richtig gedacht, aber ich habe es gefühlt. Gewusst.«

Und dann nahm sie einen gewaltigen inneren Anlauf und sagte: »Dass ich damals mit dir Schluss gemacht habe, heißt nicht, dass ich dich nicht mehr geliebt habe.«

»Im Allgemeinen deuten die Leute das aber so, wenn sie endgültig verabschiedet werden, meinst du nicht?«, fragte Benjamin und runzelte die Stirn, als könne er ihr nicht ganz folgen.

»Ben«, sagte sie und sah ihn gequält an. »Mach es mir nicht so schwer. Wir haben uns so wenig gesehen, damals, während unserer Ausbildung, und wir hatten beide Träume, die wir verwirklichen wollten. Wir waren immer so eng verbunden, und auf einmal spürte ich das nicht mehr: dieses tiefe Verständnis jenseits aller Worte. Keiner von uns war schuld daran, aber ich wusste nicht, wie wir die Nähe wieder hätten herstellen sollen. Und ohne dir nah zu sein, wollte ich nicht mit dir leben. Das wäre mir wie ein Verrat vorgekommen, den keiner ausspricht. Das hatte unsere Liebe nicht verdient, so vor sich hinzudümpeln, während jeder von uns seine eigene Agenda vorantreibt. Ich finde nicht, dass man dasselbe tun muss, den gleichen Beruf haben muss, um sich nahe zu sein. Aber wir waren uns nicht mehr nahe. Ich war mir nicht einmal sicher, ob du vielleicht nebenbei eine andere Frau hattest, und vielleicht dachtest du das Gleiche von mir.«

Benjamin sah sie überrascht an.

»Aber nein«, sagte er, »ich hatte keine andere neben dir! Nicht im Traum! Und ich hab auch nie angenommen, du könntest einen anderen haben. Ich hab einfach zu viel gearbeitet, nicht daran gedacht, dass auch eine Beziehung Zeit braucht ... gemeinsame Zeit.«

Er lehnte sich in seinem Sessel zurück und verfiel in Schweigen.

»Ben«, sagte Leo und nahm seine Hand. »Es tut mir leid, dass ich damals Schluss gemacht habe. War eine schwache Leistung, dass ich dir keine Chance gelassen habe, gemeinsam mit mir darüber nachzudenken, wie wir es wieder hätten hinkriegen können. Oder eben nicht. Ich hab damals zu wenig darauf vertraut, dass wir zusammen eine Lösung finden, dass wir immer eine Lösung finden werden. Wenn wir nicht jeder stur nur das eigene Ziel im Auge haben. Es tut mir leid. Und ich bin froh, dass ich dir das jetzt sagen kann. Die Einsicht«, sie verzog den Mund zu einer spöttisch zerknirschten Miene, »ist übrigens ziemlich neu. Hab ich auch erst seit heute Mittag, als ich vom Haus deiner Tante hierherkam.«

»Du warst bei Tante Alice?«, fragte er. »Wie kamst du denn darauf?«

»Schon vergessen, dass sie meine Geigenlehrerin war? Ich stand gestern draußen, mit Sina und Martì, nachdem du das Café eröffnet hattest. Aber es waren so viele Menschen gekommen, wir haben keinen Platz gekriegt und ich konnte nicht so lange stehen, weil ich mir den Fuß verknackst hatte. Aber ich hab dich durch das Fenster gesehen. Und ich habe gesehen, dass *du* es bist. Meinst du, das wär kein Schock für mich gewesen? Und Flurina hab ich gesehen von da draußen, und wie ihr euch gut versteht und so gut Hand in Hand arbeitet. Da dachte ich, dass sie sicher deine Frau ist ...«

Er sah sie mit großen Augen an.

»Und darüber wollte ich Sicherheit haben. Mich wappnen für den Augenblick, wenn ich mit Sina und Martì hier einkehren und, von dir wiedererkannt, zu hören bekäme ›Hallo, wie schön! Flurina, das ist Leonie, eine alte Freundin aus Zürich ... Leonie, das ist meine Frau Flurina‹ ... Ich wollte es vorher wissen, verstehst du, damit ich es aushalten kann!«

»Wintermädchen«, sagte er und lehnte sich vor, ganz nah zu ihr, und er küsste sie auf die Wange. »Ist ja gut! Du kannst Alice schließlich besuchen, wann und wie du willst. Geht mich überhaupt nichts an. Das war ein blöder Einwurf von mir. Du dachtest, sie wird dir sagen, ob ich verheiratet bin?«

Leonie nickte. Als sie seinen Blick sah, zog sie ihn aufs Sofa. Dann stand sie auf und löschte das Licht.

»Das Café ist geschlossen«, lächelte sie. »Wir können auch im Dunkeln weiterreden.«

Und damit war nun wirklich genug geredet.

24

Mensch, Leo! Wo warst du denn so lange? Ich hab mir schon Sorgen gemacht! Nicht mal eine WhatsApp … nichts. Vom Erdboden verschwunden, ohne weitere Ansage. Geht’s noch?«

Sina war sichtlich aufgebracht.

»Ich versteh ja, dass du sauer bist. War wirklich nicht nett von mir, mich überhaupt nicht zu melden und einfach mitten in der Nacht wieder aufzutauchen. Aber …«

Leonie zog den Anorak und die Schuhe aus und legte sich neben Sina aufs Bett.

»Was aber?«, fragte Sina immer noch verstimmt. »Und dann treffe ich unten in der Lobby auf deinen Niels, der da unten in einem Sessel sitzt, als ob gerade der Blitz eingeschlagen hätte. Ich kenne ihn ja nur von den Fotos, aber das war er, garantiert. Ich hab ihn natürlich nicht angesprochen, er kennt mich ja so wenig wie ich ihn. Aber dann kriege ich auf dem Weg in den Speisesaal mit, dass er bei der Rezeption ein Taxi bestellt, nach La Punt …«

»Also«, begann Leo vorsichtig, »es ist so …«

»Aha!«

»Jetzt lass mich doch ausreden. Ich hab dir ja vorhin schon gesagt, ich muss dir was erzählen.«

»Ich höre.«

»Sina ... du wirst es nicht glauben.«

»Mal sehen.«

»Ich ... ich hab Benjamin wiedergetroffen.«

»Den Jungen mit dem Schlitten, der dann Koch wurde?«

»Ja. Jetzt ist er Konditor, und er ist es, der das schöne neue Kaffeehaus aufgemacht hat.«

Sina setzte sich im Bett auf.

»Das ist *der*? Ich dachte noch, irgendwie kommt er mir bekannt vor, aber ich hab ihn damals, als ihr so verliebt wart, höchstens ein- oder zweimal gesehen, ich hätte ihn nicht wiedererkannt. Warst du heute dort Kuchen essen, und da seid ihr euch in die Arme gefallen?«

»Sina, jetzt sei doch nicht so sarkastisch. Nein ... so war es nicht.«

Und Leonie erzählte die ganze Odyssee des vergangenen Tages, vom Arztbesuch über den Besuch bei Alice Balmer bis hin zum ersten und schließlich zum zweiten Cafébesuch am Abend.

Und weil Liebesgeschichten das menschliche Herz nun einmal erweichen, war Sinas Groll schon längst verraucht, als Leo leise sagte:

»Ich bin so froh, Sina. Ich bin so froh. Egal, was jetzt wird.«

Sie saßen nebeneinander in ihren Betten, die Nachttischlampen malten nur einen kleinen Lichtkreis, draußen war stockfinstere Nacht, die Nacht vor dem Heiligen Abend.

Sina fasste nach Leos Hand, drückte sie und sagte: »Ich muss dir auch was erzählen, Leo. Hab ich vorhin ja auch schon angekündigt ... das ist heute sozusagen die Nacht der Bekenntnisse.« Sie lachte. »Vielleicht gehen die Katholiken ja vor Weihnachten zur Beichte, ich weiß es nicht. Also jedenfalls ...«

»Du willst mir beichten, dass du und Martì ...«

»Du weißt ...?«

»Ich merke doch, dass ihr euch mögt. In Spanien war mir das noch nicht klar«, Leo räusperte sich, »und du warst ja eher spröde ihm gegenüber. Ziemlich sauer, dass ich ihn eingeladen habe, mitzukommen, ohne dich vorher zu fragen. Du hast recht, das hätte ich auch nicht tun sollen. Aber es scheint ja schlussendlich genau das Richtige gewesen zu sein, oder?«

»Ich habe dir verschwiegen, dass Martì und ich schon eine Vorgeschichte hatten, bevor du zu Besuch kamst. Wir hatten was miteinander ...«

»Was? Und das hast du mir nicht erzählt?«

»Es ist keine rühmliche Geschichte. Er war ja mit Maria zusammen. Das war so eine Beziehung hü und hott. Mal liebten sie sich, mal stritten sie sich, sie hatten sich auch schon ein paarmal getrennt. Und genau dann, als sie in einer gemeinsamen Wohnung zusammengezogen waren und es noch ein letztes Mal miteinander probieren wollten, hatten Martì und ich eine Affäre. Für die bin ich verantwortlich, er hätte wohl von allein nichts mit mir angefangen. Aber, Leo ... er ist seit langer Zeit der erste Mann, in den ich mich nach Robert wieder verliebt habe, und er ist ein Mann, mit dem ich mir vorstellen kann, irgendwann zusammenzuleben. Es war leichtsinnig, das anzufangen, aber ich spüre seit dem ersten Moment, seit wir uns kennengelernt haben, dass wir gut zusammenpassen. Da ist so etwas Selbstverständliches ... Klares. Man merkt einfach, wenn es stimmt, oder? Martì ist es genauso gegangen, aber er hatte Schuldgefühle Maria gegenüber, deshalb hat er die Beziehung zu mir abgebrochen, und dann sind wir uns so weit wie möglich aus dem Weg gegangen. Ganz kannst du den Kontakt in einem Dorf nicht vermeiden, aber wir haben uns beide Mühe gegeben. Damit es nicht wieder anfängt. Verstehst du? Und dann kamst du und hast ständig dafür gesorgt, dass wir Martì treffen ...«

Leonie lachte los. »Und er hat die Gelegenheit begeistert ergriffen, das musst du zugeben!«

»Lach nicht so. Jedenfalls ist ihm klar geworden, dass er sich Maria verpflichtet fühlt, dass das auf Dauer aber nicht die Supergrundlage für eine gute Beziehung ist. Es ist ja nicht so, dass Maria aus irgendeinem

Grund dringend seine Unterstützung bräuchte. Sie ist gesund, hat einen Beruf, Familie und einen Freundeskreis. Na ja, da haben sie sich wieder mal ausgesprochen und dann tatsächlich getrennt.«

»Und da komme ich, wie der Springteufel aus der Box, und lade ihn ein, mit uns in die Ferien zu fahren. Das gefällt mir!«

Draußen erschien ein erster blasser Streifen am Horizont. Der Tag dämmerte herauf.

»Puh! Lass uns noch eine Runde schlafen, okay?«, sagte Leo. »Ich bin total erledigt. Bis zehn kriegen wir ja Frühstück.«

Sina hatte keine Einwände. Sie ließ Leos Hand los, und beide drehten sich auf die Seite, um endlich dem Heiligen Abend entgegen zu schlafen.

25

Der gestrige Tag war bewölkt gewesen, und in der Nacht war etwas Neuschnee gefallen, der dafür sorgte, dass Bäume, Häuser und Wege wie neu zurechtgemacht und glitzerfrisch aussahen. Jetzt riss die Bewölkung auf, und die Sonne zeigte sich. Wo die Sonnenstrahlen hintrafen, funkelte es auf, als hätte der Zauberstab der Schneekönigin den Schnee berührt und die Eiskristalle zum Glitzern gebracht.

Martì sah nicht nur gut ausgeschlafen, sondern auch auffallend glücklich aus. Er hatte schon fertig gefrühstückt und las die Zeitung, als Sina und Leo zehn Minuten vor zehn endlich unten erschienen.

»Ihr habt gut geschlafen«, stellte er fest, »und ich habe gut gefrühstückt. In Spanien frühstücken wir ja nicht, aber hier könnte ich mich dran gewöhnen. Guckt, dass ihr auch noch was kriegt.«

Er erkundigte sich nach Leos Fuß und den Plänen für den heutigen Tag.

Leonie dachte einen Moment nach.

»Den Fuß hab ich ganz vergessen, ehrlich gesagt. Sina wird dir erzählen, was ich gestern für einen abenteuerlichen Tag hatte. Aber alles gut – sehr gut. Der

Fuß ist besser, aufs Schlittenfahren verzichte ich aber lieber noch. Wenn ihr's noch mal wissen wollt – mich stört es nicht, macht nur. Es ist völlig okay für mich, einfach ein bisschen spazieren zu gehen.«

»Nein«, warf Sina ein, »heute wird was zusammen unternommen. Es ist doch Heiligabend! Wir könnten mit dem Zug nach St. Moritz fahren und dort um den See spazieren. Glaubst du, das geht, Leo?«

Leonie nickte. »Ich glaub schon. Und Martì käme mal ins berühmte St. Moritz. Nicht, dass der Ort besonders attraktiv wäre, aber der Blick ins Oberengadin ist traumhaft.«

Martì fand die Idee großartig. Nach dem Tag allein mit Sina gestern hätte er jeden Vorschlag großartig gefunden. Aber Leo musste noch etwas loswerden, wovon sie auch Sina noch nichts erzählt hatte.

»Wir müssen noch überlegen, was wir am Abend machen wollen. Normalerweise würden wir im Hotel feiern, aber ...« Sie wandte sich an Martì. »Der Tag gestern hat sozusagen mein Leben verändert, also jedenfalls ein bisschen. Oder doch ziemlich. Und deshalb sind wir alle drei eingeladen, Heiligabend bei meiner alten Geigenlehrerin zu feiern. Sie wohnt hier in Bergün in einem wunderschönen Engadinerhaus und ... und ...«

»Und ihr Neffe ist der Mann, der die neue Konditorei im Ort eröffnet hat«, sagte Sina. »Und dieser

Mann ist der Junge, in den sich Leo schon als kleines Mädchen verliebt hat, als meine Eltern mal hier mit uns Ferien gemacht haben. Und dann hat sie sich wieder neu in ihn verliebt, als sie ihn in Zürich wiedergetroffen hat, bei eben ihrer Geigenlehrerin, die seine Tante ist. Und sie war so idiotisch, ihm den Laufpass zu geben, obwohl sie sich hätte denken können, dass sie ihn nicht vergessen kann.«

Martì guckte leicht überfordert drein.

»Na ja, und gestern war ich zuerst bei Alice Balmer, meiner Geigenlehrerin, und dann in der Konditorei, weil ich Benjamin wiedersehen wollte. Aber er hatte keine Zeit, weil das Café ja läuft wie verrückt ...«

»Und dann ist sie gestern Abend wieder hin.« Sina ließ sich in gespielter Erschöpfung im Stuhl zurückfallen. »Und hat zu ihrer Freude festgestellt, dass besagter Benjamin – dem Himmel sei Dank! – nicht etwa inzwischen verheiratet und Vater mehrerer Kinder ist, sondern geradezu auf diesen Tag und dieses Weihnachten hingelebt hat ...«

Leo stieß ihre Freundin in die Seite.

»Mach dich nicht lustig! Ihr zwei müsst grade was sagen. Also los, fahren wir nach St. Moritz. Bis um vier kann ich Benjamin sowieso nicht stören, so lange hat das Café heute offen.«

***

Sina tat ziemlich geheimnisvoll, telefonierte, ohne preiszugeben, mit wem, und dann saßen sie im Zug und waren eine knappe Stunde später in St. Moritz. Sina übernahm die Führung. Sie steuerte schnurstracks die Pferdekutsche an, die vor dem Bahnhof wartete.

»Kommt schon!«, rief sie. »Die ist für uns hier. Wir schonen Leos Fuß und feiern diesen Tag. Soll einer sagen, er sei nicht denkwürdig!«

Das war es also gewesen. Sie hatte eine Kutschenfahrt organisiert. Leonie fiel ihr um den Hals und küsste sie ab, Martì gleich mit, und sie stiegen ein.

Der Kutscher hüllte sie fest in Felle und Decken, bestieg seinen Kutschbock, und los ging es mit den zwei vorgespannten Braunen durch den verschneiten Stazer Wald.

***

Es war schon fast dunkel, als sie nach Bergün zurückkamen.

In der Hotelhalle erstrahlte der Weihnachtsbaum, aber noch mussten die Kinder auf die Bescherung warten. Aufgeregt liefen sie mit ihren Eltern durch das stille Winterdorf, die Erwachsenen tranken einen Glühwein an der Eisbar, die Eisblöcke schimmerten blau beleuchtet im Dunkel. Durch die Scheiben der

Fenster sah man schon hier und da das Licht der Kerzen. Den dreien wurde feierlich zumute.

»Also, treffen wir uns um sechs in der Halle, ja?«, sagte Leo. »Ich muss mich noch ein bisschen hübsch machen.«

»Meinst du, wir nicht?«, sagte Sina und küsste Martì auf den Mund.

***

»Hier ist es!«, sagte Leo, als sie vor Alice Balmers Haus standen. »Schade, dass es zu dunkel ist, um die Sgraffitto-Malereien richtig zu sehen. Aber die habt ihr ja auch schon bei Tag an den anderen Häusern gesehen.«

»Fantastische Häuser sind das«, sagte Martì. »Und diese wahnsinnig dicken Mauern!«

»Die wurden erst später um die Holzkonstruktion herumgemauert. Ich hab Alice auch schon danach gefragt. Erst baute man das Haus mit Holz, und wenn das Holz gut getrocknet war und sich gesetzt hatte, umgab man es mit einem dicken Mauermantel.«

»Und der Eingang! Das ist ja ein Riesentor!«, wunderte sich Martì.

»Da musste ursprünglich der Heuwagen durchpassen. Das Heu wurde im hinteren Teil des Hauses, über dem Stall im Untergeschoss getrocknet. Alles unter einem Dach«, sagte Leonie, stolz, den andern auch mal etwas erklären zu können, was sie selbst allerdings erst seit ihrem Besuch bei Alice wusste.

»Aber seht ihr, die normale Eingangstür ist da hineingeschnitten. Man kann ja nicht immer das Riesentor aufmachen!«

Und da öffnete sich auch schon die Tür, und Alice bat sie hinein in die Eingangshalle.

Martì überreichte artig die Flasche Champagner, die sie mitgebracht hatten.

»Wir haben nicht gewagt, etwas Süßes zu bringen«, sagte er. »Wir dachten, das wäre nur eine Beleidigung für die Köstlichkeiten des *Café Baratta*.«

»Vielen Dank für die Einladung«, ergänzte Sina, »und dass Martì und ich einfach so mitkommen dürfen!«

»Aber gern«, antwortete Alice. «Wir dürfen aber noch nicht in die Stüva.« Sie lächelte. »Da drinnen macht sich Benjamin noch zu schaffen. Setzen wir uns hier noch einen Moment hin!«

Martì kam aus dem Staunen nicht heraus. »Das ist ja ein riesiger Vorraum«, sagte er. »Wunderschön!«

»Das ist der Sulèr«, sagte Alice. »Hier wurde in früheren Zeiten gearbeitet, später zeigte er natürlich auch, wie wohlhabend die Familie ist. Aber setzt euch doch. Es kommt eh noch ein Gast, hoffe ich.« Sie sah auf die Uhr. »Das ist meine Überraschung für Leonie. Niels Meyer hat mich gestern besucht und mir erzählt, dass ihr ein Paar seid, Leonie. Ich mag Niels, er ist ein sehr guter Violinist, und ich kenne ihn schon fast so lange wie dich.« Sie legte Leonie die Hand auf den Arm. »Das freut mich, dass ihr euch gefunden habt!«

Leo brach der kalte Schweiß aus. Sie saß da, bleich und stumm wie ein Fisch.

»Er wird nicht kommen, Frau Balmer«, sagte Sina, aber bevor sie weiterreden konnte, hatte Leo sich wieder gefasst.

»So ist es. Er wird nicht kommen. Wir waren befreundet, aber wir haben uns gestern Abend getrennt. Weil ich ... Benjamin liebe. Ich denke, Niels ist zu seinen Eltern nach La Punt gefahren. Sie können nichts dafür, nein, wirklich nicht, aber es wäre schrecklich, wenn er jetzt zur Tür hereinkäme.«

Alice Balmer verstand die Welt nicht mehr, aber da ging die Tür zur Stüva, dem mit Arvenholz getäfelten Wohnraum auf. Ein sanftes Licht beleuchtete die geschnitzten Holzwände und die mit Schnitzereien verzierte Holzdecke des Zimmers, in der ein riesiger Kachelofen für Wärme sorgte. Und da stand er, ein Weihnachtsbaum wie aus Kinderzeiten. Die Tanne reichte fast bis zur Decke, die Kerzen brannten ruhig, ohne ein Flackern, und verströmten den süßen Geruch von Bienenwachs. Goldene Kugeln hingen da, und Sina entfuhr ein Seufzer, als sie bemerkte, dass der Baum über und über mit Zuckerwerk geschmückt war und mit kleinen rotwangigen Äpfeln und goldenen

Nüssen. Auch Leonie entfuhr ein Seufzer, der eigentlich ein Schluchzen war, und Benjamin, der es bemerkt hatte, zog sie in seinen Arm und drückte sie an sich. Wie ist das möglich, dachte Leo, dass ich mich fühle, als hätte es die vielen Jahre ohne ihn nie gegeben.

»Gott sei Dank bist du da«, flüsterte sie.

Martì blickte zu Sina hinüber, die aber schaute weiter auf die sanft brennenden Kerzen und die Zuckerkringel. Da nahm er einfach ihre Hand.

Und Alice, die stand da und versuchte, mit den neuen Gegebenheiten zurechtzukommen. Irgendwie.

Und gleichzeitig überkam sie, wie immer an solchen Tagen, auch eine große Traurigkeit, dass ihr Toni nicht mehr da war.

»Gibt's auch was zu trinken und zu essen?«, fragte sie forsch, weil sie sich von ihren Gefühlen nicht überwältigen lassen wollte. Was hielt Ben von dem Ganzen? Was war mit Flurina? Nun ja, die wusste ja wenigstens nichts von den Plänen, die Alice für sie geschmiedet hatte. Und Leonie ... natürlich mochte sie Leonie, das war ja nicht der Punkt, aber irgendwie war ja jetzt für Ben und seine Pläne alles wieder durcheinander. Oder nicht?

»Natürlich gibt es etwas zu essen und zu trinken«, sagte Benjamin Baratta. Wie konnte es anders sein?

***

Es war ein wunderbarer Abend. Martì brachte alle zum Lachen, als er, von Alice zu den katalanischen Weihnachtsbräuchen befragt, erklärte:

»Die meisten Familien stellen zu Weihnachten eine Krippe zu Hause auf. Da gibt es natürlich Màriа und Josef und das Jesuskind, die Hirten mit ihren Schafen, die Engel und manchmal die drei Könige. Aber wisst ihr, wer nicht fehlen darf?«

»Der Esel?«, fragte Sina.

»Der Ochse?«, versuchte es Leonie.

»Nein. Der *caganer*!«

»Und wer ist das?«, wollte Alice wissen.

Martì schmunzelte. »Das ist der kleine Scheißer. Ein Bauer oder eine Bäuerin mit runtergelassener Hose. Er steht zwar ein bisschen abseits, aber er darf nicht fehlen! Nicht mal in den großen Krippen, die in der Kirche aufgestellt werden! Damit muss die Kirche leben, Tradition ist Tradition ...«

»Ja, und warum steht der da ... der kleine Scheißer? Ich glaub's ja nicht!«, rief Sina.

»Genau weiß ich das auch nicht«, gab Martì zu. »Es gibt verschiedene Erklärungen. Die einen meinen, dass er unseren Stolz zum Ausdruck bringt, nach dem Motto: Wir Katalanen beugen uns keiner anderen Macht, und wenn wir unter Fremdherrschaft sind, zeigen wir deutlich, was wir davon halten. Der andere Grund wäre eine schlichte bäuerliche Tradition: Der Bauer düngt, wie das früher üblich war, seinen Acker, damit das neue Jahr gute Ernte bringt. Und ... na ja, eine gute Verdauung ist ja was Wichtiges für die Gesundheit. Wird ja heutzutage rauf und runter diskutiert, wie wichtig der Darm für unser Wohlbefinden ist.«

Martì hob das Glas. »Vor einem guten Essen, und das gibt es natürlich an Weihnachten, sagen wir gern: *Menja bé, caga fort i no tinguis por a la mort!*«

»Und das heißt?«, wollten alle wissen.

Martì lachte. »Iss gut, scheiße kräftig und fürchte dich nicht vor dem Tod! *Bon nadal!* Frohe Weihnachten!«

Die Gläser klangen, und nach diesen Geschichten waren alle neugierig, was Martì noch an katalanischen Besonderheiten zu bieten hatte.

Ja, ihm fiel noch etwas ein. »Es gibt auch noch einen heidnischen Brauch, der an Heiligabend auf dem Land gefeiert wird. Die *fiestas de fuego en Nochebuena*, das Wintersonnenwendfest. Man trifft sich am Weihnachtsabend auf dem Dorfplatz, wo ein großes Holzfeuer entzündet wird, und alle bringen selbst noch ein brennendes Scheit mit. Die Jungen springen über das Feuer, es wird gesungen und getanzt – endlich werden die Tage wieder länger ...«

»Das ist schön, das gefällt mir«, meinte Alice. »Bei uns wird eher das Johannisfest gefeiert, zur Sommersonnenwende. Ich mag es, wie sich bei den meisten Festen heidnische und christliche Bräuche verbinden. Übrigens, wir haben hier im Ort keine Christmette um Mitternacht, aber um zehn findet in der reformierten Kirche ein Gottesdienst statt. Habt ihr die Kirche schon angeschaut? Sie ist wunderschön, ihr müsst sie unbedingt sehen! Findest du nicht auch, Benjamin?«

»Ja, unbedingt! Ich kenne niemanden, der nicht völlig überrascht und überwältigt drinnen steht. Von außen ist sie klein und nicht besonders auffällig. Aber die Holzdecke ist ein Juwel, die ganze Decke ist geschnitzt und bunt bemalt. Wir sollten nachher hingehen!«

»Es ist ein Glück, dass die Bergüner ihre Fresken über die Reformation und den Bildersturm gerettet haben. Sie haben die Fresken einfach übermalt, und später hat man sie dann wieder freigelegt. Ben hat recht, es wäre schön, nachher hinzugehen. Aber ganz wie ihr wollt. Wie lange bleibt ihr überhaupt in Bergün?«

Sina erklärte, dass sie am 27. Dezember wieder zurückfahren wollten. Dann sah sie gespannt auf Leonie. Die wollte ja eigentlich wieder mit nach Spanien kommen ... aber jetzt?

»Was ich mache, weiß ich noch nicht«, meinte Leo zögernd. »Es hängt alles davon ab, ob die Wohnung in Zürich fertig renoviert ist. Aus der Werkstatt muss ich ja auch bald raus. Ist die Renovation noch nicht durch, muss ich irgendwo anders bleiben, bis es so weit ist. Deshalb wollte ich unter Umständen noch mal mit zu Sina. Aber dann muss ich wirklich die Ärmel hochkrempeln.«

»Weihnachten ist doch das große Fest der Hoffnung und des Neubeginns«, sagte Alice. »Für mich sagt die Weihnachtsgeschichte genau das: Mit jedem neuen Kind, das geboren wird, kommt neue Hoffnung in die Welt, ob das nun das Jesuskind oder irgendein anderes Kind ist. Weihnachten erinnert uns daran, dass etwas Neues möglich wird. An Silvester fassen die Leute gute Vorsätze, die dann nie umgesetzt werden. Das erstaunt mich nicht, der Jahreswechsel ist ja auch schlussendlich nur ein Datum. An Weihnachten aber, finde ich, sollten wir alle hoffnungsvoll etwas Neues beginnen. Etwas, das uns mit Licht erfüllen kann. Entschuldigt, wenn ich zu pathetisch geworden bin. Ich hör schon auf ...«, sagte Alice, als wolle sie sich fast entschuldigen, und löschte eine Kerze, die sich bedenklich zur Seite geneigt hatte.

26

Die Nacht war klirrend kalt, fast wolkenlos, und der Schnee knirschte unter den Schuhen. Die Menschen kamen von allen Seiten, für einmal füllte sich die kleine Kirche bis zum letzten Platz. Der Kirchenraum war weihnachtlich geschmückt, das Tannengrün duftete, denn zur Feier des Tages war die Kirche beheizt, und alle blickten nach vorn zum lichterhellen Weihnachtsbaum. Alice war nicht gläubig, nicht im landläufigen Sinn, aber nun überkam sie wie eine Welle ein Gefühl, gemischt aus Traurigkeit, weil das Leben so schnell vergeht, und aus Dankbarkeit, noch am Leben teilhaben zu dürfen. Sie saß an diesem Abend in der Kirche umgeben von jungen Menschen, die sie liebte und die sie bereitwillig in ihr Leben ließen. Es war schön, etwas geben, etwas weitergeben zu können an die nächste Generation. Es war ein wunderbarer Abend, fand sie, und als der Pfarrer alle Anwesenden aufforderte, dem Nachbarn oder der Nachbarin in der Kirchenbank und den Menschen rundherum »Frohe Weihnachten« zu wünschen, mit einem Händedruck und einem Blick in die Augen, war sie gerührt wie schon lange nicht mehr. Benjamin umarmte sie und drückte ihr einen Kuss auf die Wange.

»Danke, Alice«, sagte er leise. »Du hast mir so viel geholfen ...«

Und Alice stellte sich auf die Zehenspitzen und gab ihrem Neffen den Kuss zurück.

»Ich drück dir die Daumen, mein Junge«, sagte sie. »Für alles, was du dir wünschst. Schön, dass wir morgen auch mit deinen Eltern und Großvater Nicolas hier feiern können. So haben wir es ja immer gehalten. Vielleicht wird Leonie der Überraschungsgast sein? Nun, das müsst ihr zwei entscheiden. Und du machst ausnahmsweise mal nichts ... ich hab das Essen schon vorbereitet. Aber beim Servieren könntest du mir ein bisschen helfen.«

Und dann standen sie draußen und sahen hinauf zur Milchstraße. Das Sternenband funkelte und erinnerte die Menschen daran, wie klein und unbedeutend sie waren und dass sie ihre Probleme einfach zu wichtig nahmen, obwohl es ihnen nicht erspart blieb, sie zu lösen.

»Ich bringe die anderen noch zum Hotel«, sagte Benjamin. Alice nickte, wünschte allen eine gute Nacht und schloss sich dem alten Conradin an, der den gleichen Heimweg hatte.

Die anderen vier sagten nicht viel. Sie waren mit ihren Gedanken beschäftigt. Wie sollte man auch formulieren, was man selbst noch nicht ganz verstanden hat?

Benjamin kam noch mit hinein ins Hotel. Die junge Frau an der Rezeption händigte Leo den Schlüssel zum Doppelzimmer aus, wie sie es sich schleunigst angewöhnt hatte, und Martì den zur »Besenkammer«.

Doch wie schaute sie, als Leo Martì ihren Schlüssel hinhielt und ihm seinen aus der Hand nahm.

»Weil heute Weihnachten ist«, sagte sie. »Ich muss aber noch ein paar Sachen aus dem Zimmer holen.«

***

Benjamin wartete in der Halle, denn Leo wollte noch einmal herunterkommen. Die Lobby hatte sich geleert. Ben hatte sich gerade noch einen Whisky bringen lassen können, dann verschwand das Servicepersonal in seine wohlverdiente Nachtruhe. Wer konnte das besser verstehen als er!

»Ich kann nachher das Licht löschen«, sagte er, »kein Problem.«

»Morgen ist das große Essen im Jugendstilsaal«, antwortete der Kellner dankbar. »Das wird noch mal ein harter Tag. Danke für Ihr Verständnis.«

Benjamin lächelte. Er würde das Café morgen geschlossen lassen. Die Familie ging vor. Er wollte vor allem mit seinem Großvater Zeit verbringen. Nicolas würde viel zu sagen und zu fragen haben, nahm er an, und hoffentlich Freude an der wiederauferstandenen Zuckerbäckerei haben, wie Benjamin sie sich vorstellte. Er hatte nämlich vor, das Geschäft solider aufzustellen, indem er auch einen Versand für seine Spezialitäten einrichten wollte. Damit würde er unabhängiger von der Touristensaison werden und, so hoffte er, mit der Zeit für regelmäßigere Einkünfte sorgen können. Vielleicht konnte er den Großvater, der ein gewiefter Kaufmann war, ja für dieses Geschäft als Investor gewinnen.

Endlich kam Leonie die Treppe herunter.

»Und was machen wir jetzt?«

»Die Rodelbahn von Preda nach Bergün dürfte geschlossen sein«, sagte Benjamin, »aber wir könnten den Hügel runterfahren, du weißt schon, welchen. Dort ist es dunkel, aber nicht ganz stockdunkel, und mein alter Schlitten steht bei Alice im Keller ...«

Er grinste übers ganze Gesicht, und Leo lachte, dass ihr die Tränen kamen.

»Was ist denn los mit dir?«, wunderte er sich.

»Es ist nur ... es ist nur ...« Sie griff nach seiner Hand. »Also, es ist doch nur die Entspannung!« Sie zog ihn vom Sessel hoch. »Gute Idee. Sehr gute Idee. Los ... gehen wir! Ich hol nur noch schnell Anorak, Mütze und Handschuhe ...«

* * *

Und so rodelten sie in der Heiligen Nacht den Hügel hinunter. Leonie hatte ein kleines bisschen Angst, weil es doch ziemlich finster war und sie sich nicht sicher war, ob Benjamin den Hügel und seine Tücken noch so gut kannte wie damals. Aber sie sagte nichts. Sie legte die Arme fest um ihn und hielt sich an ihm fest, schmiegte ihren Kopf an seinen Rücken und überließ sich dem Schicksal. Das Schicksal meinte es gut. Sie kamen heil unten an.

»Noch mal?«, fragte er.

»Ja«, erwiderte sie. »Noch mal. Und überhaupt alles noch mal, wenn's geht.«

»Ich glaube, das geht«, sagte er.

***

Am Ende der nächtlichen Rodeltour, nach einem sehr langen Gute-Nacht-Kuss, der ihnen, was auch bitter nötig war, alle Glieder wärmte, fragte Benjamin: »Möchtest du morgen kommen, wenn meine Familie da ist?«

»Nein«, sagte Leonie. »Morgen ist noch mal voll und ganz Freundinnen-Tag.«

»Dann sehe ich dich übermorgen?«

»Natürlich, was denkst du denn von mir«, antwortete sie. »Hast du das Gefühl, ich könnte einfach so verschwinden?«

»Wär möglich. Und nicht das erste Mal.«

»Oh Mann, da habe ich viel gutzumachen. Dieser Kuss ist mal die Anzahlung.«

Und, ja ... Benjamin schien mit der Anzahlung zufrieden.

***

Martì und Sina ließen sie in Frieden. Sie hatten ja gehört, was Alice ihrer ehemaligen Schülerin angeboten hatte. Und die richtige Antwort musste Leonie ganz allein für sich finden. Im Übrigen hatten sie genug mit sich selbst zu tun.

»Martì«, sagte Sina, »wir probieren es miteinander, was meinst du? Aber vorsichtig ... lass uns nichts überstürzen. Das hab ich schon mal gemacht. War nicht so gut. Wenn du es aushältst, dass ich nicht mit fliegenden Fahnen zu dir überlaufe, haben wir eine Chance. Und Maria ist ja nun auch noch nicht tiefe Vergangenheit.«

»Wegen Maria musst du keine Angst haben«, sagte Martì. »Das war eine zähe, lange Trennung. Wir haben sie schon mit allen Folgen, während wir noch zusammen waren, restlos durchlebt.«

»Das meinst du jetzt«, sagte Sina. »Aber glaub mir, es wird trotzdem seine Zeit brauchen, bis du aufhörst, alles mit ihr zu vergleichen und damit, wie ihr es früher gemacht habt. Lass uns Spielraum ... Platz ... Zeit. Willst du? Kannst du das?«

»Na, wenn es sein muss ...«

»Ja ... muss sein. »

»Und wie lange, glaubst du, brauchst du, bis du Ja sagen kannst?«

»Ja kann ich jetzt schon sagen. Aber ich möchte es auch noch in einem Jahr sagen können.«

»Aber dann für immer«, sagte er ein bisschen trotzig.

»Kann ich jetzt noch nicht versprechen.«

»Himmel, was für ein Sturkopf du bist«, sagte Martì sichtlich genervt.

»Weißt du ja.«

»Chancen habe ich aber? Bitte, bitte denk an den stolzen Spanier, den ich in mir habe!«

»Genug jetzt«, sagte Sina und zog ihn noch einmal ins Bett zurück.

27

Ein Stockwerk höher plagte sich Leo mit ihren Gedanken ab. Es war klar, dass sie nicht in der Trittligasse bleiben würde. Sie konnte jederzeit vorübergehend bei den Eltern wohnen. Die würden sich sogar darüber freuen. Nein, sie musste sich endlich entscheiden, ob sie bereit war, grundsätzlich aus Zürich wegzuziehen. An einem ganz anderen Ort neu anzufangen. War Zürich die eine, *die* Heimat, die man nicht verlassen und nie verlieren will? Und auf einmal wusste sie: Nein, Zürich war nicht dieses Zuhause. Nicht mehr. Brunos Tod und der Verlust des Ateliers hatten viel damit zu tun, dass die Stadt sich für sie verändert hatte. Das hatte schon mit Sinas Wegzug begonnen. Ihre Freundin hatte einen Ort gefunden, aus dem sie ihr Zuhause gemacht und den sie nach ihren Vorstellungen gestaltet hatte. Auch sie, Leonie, konnte das. An jedem Ort, der ihr gefiel. Und es war Benjamin, mit dem sie diesen Ort erschaffen wollte. Weil Menschen Heimat sind, nicht nur Orte. Benjamin und sie, sie würden sich ihre Heimat gemeinsam erschaffen.

Und in diesem Moment geschah etwas Wichtiges. Aus dem Gefühl, aus ihrer Wohnung vertrieben zu werden, wurde eine freiwillige Entscheidung zu gehen. Aus dem passiven Gefühl, gezwungen zu sein, das aktive Gefühl, es selbst zu wollen. Das konnte er sein, der ›hoffnungsvolle Neuanfang‹, wie Alice Weihnachten genannt hatte.

Und das war das Angebot, das Alice ihr gemacht hatte. Wie hatte sie es noch gleich formuliert?

»Du könntest hier in dieses große Haus einziehen«, hatte sie gesagt. »Natürlich auch nur vorübergehend, bis du eine andere Lösung gefunden hast. Das Haus sehnt sich nach Menschen. Früher, als Toni noch ein Kind war, wohnte eine große Familie hier. Ich würde mich freuen. Und ich kenne jemand, der sich wahrscheinlich noch viel mehr als ich und das Haus freuen würde ... Ich will dich nicht überfahren und dir nicht zu nahetreten, Leonie. Aber im Dachstock könntest du dein Atelier einrichten ... oder eine Geigenschule für Kinder ... oder ich weiß nicht, was ...« Als Alice Leonies ungläubigen, fassungslosen Blick sah, fuhr sie fort: »Entschuldige. Vielleicht sollte ich das alles nicht sagen. Vielleicht fühlst du dich jetzt bedrängt. Es ist einfach eine Möglichkeit, die ich sehe. Eine Möglichkeit, die dir Zeit gibt, Geld spart, Raum für neue Überlegungen und Entscheidungen schafft. Es ist einfach das, was ich dir anbieten kann, und ich bin dir nicht im Geringsten böse, wenn du Nein sagst.«

Alice hatte geradezu schuldbewusst ausgesehen, als sie das sagte, und schnell hinzugefügt: »Nicht, dass du meinst, ich hätte mit Benjamin darüber gesprochen. Hab ich nicht. Wann auch.« Sie lächelte. »Die Ereignisse haben sich ja ziemlich überstürzt! Wenn er nicht einverstanden ist, wird er es sagen. Aber es ist mein Haus, und ich fand, deshalb kann ich dir auch, ohne jemand anderen zu fragen, diesen Vorschlag machen.«

Sie hatte richtig erschöpft ausgesehen nach diesen Sätzen, die liebe Alice, und gleich das Thema gewechselt, um Leonie nicht in die Verlegenheit zu bringen, gleich darauf antworten zu müssen.

Sie hatte nur gesagt: »Wenn wir in die Kirche gehen wollen, müssen wir jetzt los. Was meint ihr? Wollen wir?«

Alice, meine liebe gute alte Lehrerin, hatte Leo gedacht.

Und dann waren sie aufgebrochen.

***

Als Sina, Martì und Leonie sich am Abend des ersten Feiertags in der Halle zum Aperitif trafen, wo sich auch die anderen Hotelgäste langsam einfanden, um mit einem Glas Champagner anzustoßen und dann im hellblauen Festsaal Platz zu nehmen, wo das festliche Weihnachtsmenu serviert werden sollte, kam die junge Rezeptionistin auf Leo zu.

»Das ist vorhin für Sie abgegeben worden«, sagte sie und drückte Leo ein unförmiges Päckchen in die Hände. »Sie sollen es bitte erst nach dem Essen aufmachen, lässt der Bote ausrichten, erst am Abend, wenn Sie ins Bett gehen.«

»Wer ist denn um Himmels willen der Absender?«, fragte Sina.

»Das darf ich nicht sagen«, antwortete die junge Frau und verschwand, so schnell sie konnte.

»Ein Weihnachtsrätsel«, sagte Martì fasziniert, und Leonie brachte das Geschenk schnell in ihr Zimmer, ehe die anderen darauf drängten, es doch sofort aufzumachen.

Das Essen war hervorragend, der Wein auch. Wein und Wärme waren ihnen allen in den Kopf gestiegen.

»Erinnerst du dich«, sagte Sina, »dass wir mal davon geträumt haben, in diesem Saal zu heiraten?«

Leo nickte.

»Also ... die Möglichkeit rückt doch mit Lichtgeschwindigkeit näher. Wenigstens bei dir, Prinzessin!«

Martì blickte verständnislos von einer zur andern.

»Schon gut, Martì«, sagte Sina. »Das ist Leos und mein Geheimnis. Das sind alte, ganz alte Geschichten.«

***

Als Leo endlich in ihr Zimmer kam, ließ sie sich aufs Bett fallen und betrachtete das Päckchen, das da festverschnürt vor ihr lag.

Natürlich ahnte sie, dass Benjamin der Absender war.

Sie traute jedoch ihren Augen nicht, als sie sah, was sich unter dem Packpapier verbarg.

Es war ein rotes Plüschkissen. Und es sah genauso aus wie ihr eigenes rotes Kissen, das im Container sein einsames Leben fristete.

Wie war das möglich? Sie öffnete den Brief, den Benjamin dazugelegt hatte.

»Liebe Leo«, stand da. »Ich wollte, dieses Kissen könnte dir Mut machen. Zu mir zu kommen. Nach Bergün zu kommen. Mit mir zu leben. Für immer. Mit der ganzen Geigenwerkstatt. Mit der ganzen Zuckerbäckerei. Um neugierig zu schauen, wo das Leben uns hintreibt mit unseren Geigen und Torten, Schokoladen und Baisers. Vor allem den Baisers.

Ich war damals, als ich dir das rote Kissen kaufte, noch sehr, sehr jung. Ich dachte, wir müssten beide das gleiche Kissen umarmen, wenn wir aneinander denken, wenn wir ohne einander einschlafen müssen. Sehr viel später, nach unserer Trennung, ist es dann auf dem Dachboden in unserem Haus in Chur gelandet. Ich habe meine Mutter gebeten, es mir mitzubringen.

Mach mal den Reißverschluss auf. Dort findest du etwas. Ich wünsche mir, es könnte wieder so werden. Nein ... nicht wie es war. Auf neue Art. Wie Tante Alice gesagt hat: Wir sollten ... wir könnten an diesen Weihnachten hoffnungsvoll etwas Neues beginnen, du und ich. Es wagen. Mit Herz, Kopf und Hand.

Alle Schokoladenengel sind dafür.

Dein Benjamin

PS. Sag ja. Schick eine SMS. Dann komme ich. Du hast ja jetzt ein Einzelzimmer. Mit nur einem Bett. Wie schön!«

Leonie zog den Reißverschluss des Kissens auf. Da fielen ihr ihre eigenen Liebesbriefe entgegen. All die Briefe, die sie Ben damals geschrieben hatte.

»Ja!«, tippte sie ins Handy. »Komm! Komm schnell!«

Sie öffnete das Fenster und sah zum Himmel hinauf. Oben, unendlich weit weg, glitzerten die Sterne. Aber das Glück, das war plötzlich ganz nah.

Hinweis der Autorin

Die Familiengeschichte der fiktiven Figur Benjamin Baratta ist ebenso frei erfunden wie alle anderen Figuren des Romans. Aber wie die Engadiner zu Zuckerbäckern wurden, wie sie lebten, arbeiteten, sich organisierten und in aller Welt erfolgreich wurden, ist keine Fiktion, sondern historisch belegt. Meine Darstellung bezieht sich in erster Linie auf das kenntnisreiche Buch von Dolf Kaiser »Fast ein Volk von Zuckerbäckern - Bündner Konditoren, Cafetiers und Hoteliers in europäischen Landen bis zum Ersten Weltkrieg« (2. Auflage, Zürich 1988).

Ein *Café Baratta* gibt es in Bergün nicht. Leider.

ISBN 978-3-85179-540-0

Umschlaggestaltung: Christina Krutz, Biebesheim am Rhein
Umschlagbild: Laura Watkins © The Bright Agency
Satz: Christine Paxmann • text • konzept • grafik, München
Druck und Bindung: GGP Media GmbH, Pößneck

www.thiele-verlag.com